Limonada

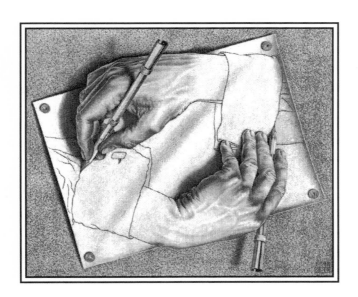

("Drawing Hands," M.C. Escher)

Reproduzco a continuación, con el permiso correspondiente, el texto de un correo electrónico que me envió el ilustrador de la edición impresa en respuesta a mi petición de revisar la que se publicó electrónicamente en un principio

Omar,

¡Me parece un trabajo buenísimo! Valiente, medido… un viaje de paisaje variadamente crudo y sinceramente provocador, rico en los análisis del sistema universitario y étnico y con ideas muy sugerentes (como tatuarse a Cthulhu).

Los secundarios están fenomenales y, en el fondo, aunque les das tanta caña, los mimas.

Me recuerdas a Fernando Rey cuando le dice a Catherine Denueve en *Tristana* algo así como que él es su padre y su marido y que sólo él decide cuando es una cosa u otra.

¡Felicidades y muchas gracias por enviármelo!

Manolo Campoamor

A Grace Michelle González Támez,

esperando haber escrito bien su nombre esta vez

"Si del cielo te caen limones, aprende a hacer limonada…"

Willie Colón, "El Gran Varón"

Ésta iba a ser la historia de mi compadre y yo. Sin embargo, ahora es el relato de cómo surgió esta historia, o viceversa.

Soy estudiante del programa doctoral en español de una universidad del área del país que los aficionados al cine conocen mejor como El Viejo Oeste. Sabe uno que viene llegando porque huele a petróleo crudo, -que los lugareños llaman "aceite"-, y a estiércol. Mi compadre, un escritor quien desgraciadamente aun no ha conocido el éxito que se merece, tuvo qué sacrificar su verdadera vocación por su familia y convertirse en compañero mío de estudios. Ninguno de los dos estaríamos afiliados a esa institución de no ser porque, mi compadre y un servidor hasta hace poco, recibimos un estipendio a cambio de prestar nuestros servicios como instructores. Cuando nos llaman profesores o maestros, estoy obligado a corregir a quienes nos interpelan de esa manera, ya que así nos lo ordenan nuestros superiores. Él tiene la posibilidad de trabajar en esto, a pesar de que es colombiano, -eso sí, muy orgulloso porque viene justamente de la región natal del gran Nobel, Gabriel García Márquez y de las no menos célebres Shakira y Sofía Vergara-, gracias a que tiene visa de estudiante internacional. Yo soy mexicano naturalizado de aquí. Como tal vez puede inferirse fácilmente, estudio esta carrera, particularmente en esta escuela tan mal evaluada en las encuestas nacionales, porque intenté dedicarme a varias otras cosas. Fui recluta de la fuerza naval de Estados Unidos y estudiante de medicina en México para luego revalidar mis estudios aquí, por ejemplo, sin lograr concluir mi propósito en ninguno de los casos. Sin embargo, como un gran número de los que estamos en este barco, me di por fin cuenta que no servía para nada y, sin tener otra alternativa, me metí a estudiar esto. Además de que, a causa de que tengo antecedentes penales, me da miedo no poder conseguir trabajo en otro lado. Habían ya rechazado mis solicitudes de ingreso en otras escuelas, o, como dice el dicho, de mejores lugares me habían corrido. Ésta era mi última oportunidad y, -creía en un principio-, afortunadamente cascó. Me extrañó que hayan puesto tan pocas objeciones en aceptarme y aun más en ponerme a cargo de un par de grupos de estudiantes sin haber tomado aun la clase obligatoria de métodos didácticos para dicho propósito. Debo reconocer que lo poco que me ha dejado estudiar Literatura es la certeza de que las historias que pintan así de bonito generalmente son las que, a medida que van desenvolviéndose, plantean mayores conflictos a sus personajes. Parece mentira, pero tal como en las películas de vaqueros, me encontraba yo hasta hace muy poco en un lugar muy aislado, donde la comunidad acostumbra no involucrar a nadie ajeno a ella en la resolución de sus asuntos. A diferencia de la parte del estado donde ahora vivo con mis padres, separada por algunos pasos de mi país de origen, allá se puede fumar en la mayoría de los lugares públicos sin tener qué ir a un área designada y usar el teléfono mientras se maneja, incluso para enviar mensajes de texto. En principio suena como algo legítimo. Mientras se pague por el derecho de acceso al bar, los impuestos y obligaciones económicas que implica manejar, la cuenta del teléfono y no se afecte a los demás, ninguna de estas cosas parece representar ningún problema. Sin embargo, por ejemplo, mi compadre y yo habíamos comprobado por las malas, nomás al caminar por las calles de esa ciudad, que eso del multi-tasking, a pesar de que, a partir del incremento en el uso de la tecnología inalámbrica, ha sido tan defendido e incluso alentado, es improcedente y sumamente dañino para una criatura como el ser humano, y más aun para quienes le rodean. Nuestros reflejos se han agudizado bastante a partir de varios incidentes en los que, literalmente, tuvo qué aflorar nuestro instinto de supervivencia. A alguno de nosotros dos le rompió un espejo retrovisor en la espalda algún distraído que no disminuyó la velocidad al percatarse que cruzaba la calle viniendo desde un semáforo que se acababa de poner en rojo, o ha tenido que reaccionar en mucho menos de un segundo y dar un salto acrobático hacia la banqueta porque el conductor, enfrascado en alguna interesante conversación telefónica, olvidó señalar que iba a dar vuelta donde la luz peatonal nos había indicado que teníamos la vía libre. Y para no extenderme mucho, estoy acordándome tan sólo de los incidentes que nos ocurrieron en la zona escolar, donde el límite de velocidad es de 20 millas por hora, -cuando aquí en esta ciudad, por cierto, es de 15 -. Pareciera que en algunos pueblos tienen por más sagrado su derecho a gozar del progreso que su obligación de no precipitar su propia muerte o la de un desconocido.

Algo similar ocurre en nuestro ámbito laboral. Siempre he creído que el propósito de implementar la tecnología en la vida cotidiana es facilitar la vida de los individuos y ahorrarles tiempo, que pueden invertir en cultivarse y hacer de sí mismos mejores personas, y no sólo en satisfacer sus necesidades más elementales. En esta sociedad, todos queremos vivir más y mejor. La mayoría de nosotros estamos de acuerdo en que la única manera de acceder a lo que tanto se oye llamar en los medios de comunicación "mejores oportunidades" es educándonos. Ciertamente, los planes de estudio de ésta u otra carrera no surgen por generación espontánea, sino, en teoría, por las necesidades, - algunos dirían "retos"-, del mercado laboral contemporáneo. No es de sorprenderle a nadie que aprender un segundo idioma se haya vuelto un requisito obligatorio para graduarse de casi cualquier carrera en las universidades de Estados Unidos. Tampoco a nadie debe parecerle raro que el idioma con más oferta en estas instituciones sea el Español, porque aunque haya muchos a quienes les esté costando tanto trabajo aceptarlo, es evidente que nos encontramos en un país en el que los hispanoparlantes nos estamos haciendo la mayoría, si no es que ya lo somos, y que, quiérase o no, probado está que concentra la mayor población de hablantes de este idioma en el mundo. Hay muchas otras clases que los estudiantes tienen qué tomar, aunque no quieran o no vean de primer momento su utilidad para sus planes a futuro, como son algunas de historia universal para los ingenieros de petróleos, o la de geología para los músicos. En estos casos, tiene un impacto bastante negativo el hecho de que estemos en la era de herramientas gratuitas de consulta como la Wikipedia, donde son moneda corriente estos y otros temas aun más relevantes para los objetivos profesionales de los estudiantes. En una ciudad como aquella en la que la institución donde estoy inscrito como estudiante tiene su sede, por razones religiosas y culturales que no vale la pena especificar ni detallar, la población angloparlante tiene sólo el contacto indispensable con aquellos que hablan español, salvo que sea en su propio idioma. Dadas las condiciones, es lógico que los estudiantes en ese contexto tengan sentimientos similares hacia esta lengua como asignatura académica. La mayoría de quienes hemos estado tanto tiempo inmersos en el aprendizaje como en la enseñanza institucionalizada nos hemos dado cuenta por experiencia. Es lógico también, dado su propósito, implementar un alto componente tecnológico en el diseño de los diferentes niveles a los que se imparte esta materia. Los alumnos, quienes pagan su pecado de no ser admitidos en universidades con mejor reputación en términos económicos apabullantes, como clientes que ultimadamente son, habrán de exigir por inercia que el trance sea lo menos doloroso posible, lo cual en muchas de sus mentes se traduce a que les hagan la clase lo más tecnológico posible.

Sin embargo, como todo prodigio, la tecnología es susceptible de abusarse, tanto por quienes conducen las nuevas pick ups, -vehículos tan pesados, que tienen a veces qué propulsarse con diesel a través de la populosa zona urbana-, como por aquellos que hacen lo propio con un departamento encargado de impartir cursos de un idioma a nivel sub-graduado, o licenciatura como mejor se conoce fuera de este país. Tiende entonces a convertirse, y no me pregunten cómo sé siquiera algo del tema, en una dependencia o, dicho con mayor franqueza, un vicio. Esto se torna especialmente grave cuando para cada clase resulta indispensable y, por lo tanto, se pasa por alto como factor. Los planes están hechos de modo que el tiempo alcance apenas para cubrir la parte del programa correspondiente al día. No hay margen para ninguna otra eventualidad. Asimismo, el sentido común nos enseña que no hay aparato que no se descomponga alguna vez, casi siempre cuando menos se espera. En el programa se da por sobreentendido que no ocurrirá nunca.

Los resultados de la, -por llamarlo de otra forma-, "digitalización del aula" han sido, -cabe reconocerlo, aunque haya quien todavía lo niegue-, verdaderamente catastróficos, a pesar de los alentadores pronósticos. Me permito llenar este espacio con mi opinión, que en virtud de que todos tenemos una y siempre estamos en la mejor disposición de darla, aun cuando nadie nos la pide, ha de constituir lo que en este ámbito del quehacer humano da en llamarse "residuo narrativo." Por eso algunos caballeros quisieran que las partes más erógenas de la fisionomía femenina fueran en realidad sus puntos de vista, si acaso me explico. Prescribe la física que lo más relativo es la realidad y con ello me curo en salud. Casi siempre ocurre que quien señala un error, paradójicamente, suele ser quien está más equivocado. Para explicarlo mejor, conviene conjurar una imagen. Al permitirse opinar, uno proyecta dicha deficiencia y, por lo tanto, cosifica a sus interlocutores, dándoles el uso de una pantalla común y corriente para ese propósito. El nombre del plan a través del que se pretende tecnificar el aprendizaje despertó sospechas en mí desde un principio. Se llama "The Flipped Classroom Method," que en buen cristiano se entiende más o menos por algo así como "El salón de clase volteado," lógicamente al revés. Jamás pondría en duda la autoridad de nuestros superiores en cuanto a la enseñanza, porque no se necesita ser un superdotado para inferir que un lingüista sabe más sobre los mecanismos a través de los que la mente adquiere un lenguaje que, por decir, un simple lector de novelas, poemas y cuentos. Algunas de las condiciones que prescribe la implementación de los más novedosos prodigios del ingenio humano en esta área, de acuerdo a nuestros más altos jerarcas, son las siguientes. En primer lugar, el alumno debe aprender por sí solo la gramática antes de venir a clase, tiempo durante el que la habrá de practicar en una serie de ejercicios que su, -y deseo haber sido lo suficientemente claro sobre el porqué se evita usar otro término-, instructor proyectará sobre una pantalla en formato PowerPoint. En segundo lugar, la gramática se imparte a través de un portal de internet, en el formato de módulos tutoriales muy breves, diseñados de esa forma, como siempre, con el estudiante en mente. En este caso, para que no pierda demasiado su tiempo con la prácticamente inútil parte gramatical. Para asegurarse de que las explicaciones han sido óptimamente comprendidas y asimiladas, se asignan los ejercicios correspondientes, en los que un excelente o buen estudiante invierte un promedio de una a dos horas, dependiendo de la complejidad de cada tema. No sólo no puedo estar más de acuerdo, sino que no hay verdad más fehaciente y sagrada que el hecho de que el lenguaje no se aprende por sus reglas y supuestas convenciones, sino en la práctica. De modo que, naturalmente, estos módulos y sus actividades se asignan diariamente. Puede que esta práctica no implique contextos con los que más factiblemente pudiera el estudiante interactuar en la vida real, que se utilice un dialecto que no corresponde a los del español que se hablan más frecuentemente en su propio país, - casualmente, el que alberga la mayor cantidad de hispanohablantes en el mundo-, pero está ahí, en generosas cantidades.

El sistema brinda varias oportunidades para que el estudiante logre una nota óptima en el curso. Entre ellas, están las mesas de conversación, -donde, por cierto, siempre se ofrecen galletitas y café-, lunes de cine con películas casi de estreno, -sobre todo de esas que dignifican los estilos alternativos de vida como el gay, en una de las comunidades más conservadoras no sólo de la región, sino el país-, y, por supuesto, con amenas mesas de conversación subsecuentes, de una duración aproximada de una hora, después de las que, obviamente, se entrega el comprobante de asistencia. Se podría decir que todas las bases están cubiertas. Sin embargo, -y no puedo insistir lo suficiente en ello-, los cuentos que parecen muy bonitos para ser verdad casi siempre terminan por convertirse en verdaderas pesadillas. Empecé a preguntarme, por ejemplo, por qué si el sistema es tan efectivo, existe la necesidad de dar oportunidades de crédito extra. La considerable mayoría del estudiantado en las universidades se conforma de adultos, aunque cabe señalar que en este caso no siempre en términos de madurez, sino de edad. En ese sentido, empecé a sospechar de la existencia de una política de asistencia, que de por sí me parece contradictorio porque un individuo de 19 años si no lo sabe, debería saberlo que no presentarse en clase o no cumplir con la tarea va a redundar en un mal desempeño a la hora de tomar exámenes o cualquier otra actividad susceptible de ser calificada. La política de asistencia, particularmente estricta si no abiertamente cruel, -algo así como perder el curso automáticamente por no asistir a 4 clases los martes y jueves, o faltar 7 veces los lunes, miércoles y viernes-, sin embargo, no logra impedir que los estudiantes se ausenten con cualquier excusa. Asimismo, me cuestioné sobre la necesidad de tener qué verificar en cada clase si los alumnos habían hecho la tarea; experiencia que yo mismo no había tenido desde que estaba en primaria allá en mi México bárbaro. Un buen día me puse a hacer álgebra, y me arrepentí no sólo de la ocurrencia, sino hasta de haber nacido. Comparé el sistema "híbrido," -aun experimental, como ha trascendido extraoficialmente, así llamado porque la mitad del componente es virtual-, que nuestra augusta institución ha implementado, con los cursos equivalentes que tanto se ofrecen "en línea" o virtualmente a últimas fechas. En vista de que el tiempo de clase se consagra exclusivamente para practicar lo que los alumnos han visto en casa con antelación, y suele no funcionar si acaso alguien no hizo la tarea, -que muy frecuentemente suele ser la mayoría-, me pregunté entonces qué pintaba yo en esa película. La desagradable respuesta que mi conciencia arrojó fue que, en el mejor de los casos, no era otra cosa que un gendarme y, en el peor, una niñera glorificada. Un buen día, mi compadre, feliz de que su grupo se hubiera desempeñado tan bien en una actividad particularmente complicada, fue interceptado por nuestra jefa en las escaleras del edificio, a una hora en que está bastante concurrido. En esa ocasión tenía apuro de llegar a clase, pero ella insistió en que se trataba de algo importante. Una vez que él accedió a escucharla, el tono de nuestra superiora subió considerablemente con el propósito de reprenderlo severamente por algo que a mi compadre le sorprendió bastante que se considerara como un error. Le reprochó que hubiera una cantidad poco más que inadmisible de aprobados en esa actividad específica, cuando estadísticamente está comprobado que, en resumidas cuentas, la vida es más cruel. Ciertamente lo es, pero, -y, nuevamente, disculpen por exteriorizar mi "valiosa" opinión-, no tiene sentido. Se supone que el método obedece al propósito de facilitar y maximizar el aprendizaje del estudiante y un alto índice de aprobados no debe ser motivo de suspicacias, sino señal de que el,- a fin de cuentas-, experimento está funcionando.

Debe ser muy poca la gente a la que le agrade ser reprendido ante un auditorio. Se darán idea del choque cultural que mi compadre, yo y todos los latinoamericanos en el programa tuvimos qué enfrentar cuando decidimos fijar temporalmente nuestra residencia allá. Ya había yo mencionado algo sobre la idiosincrasia conservadora de los nativos del área y su afición por la tecnología y la maquinaria pesada. Había también mencionado algo sobre el petróleo. Una de las primeras cosas que noté es que hay cuatro supermercados, cada uno en un área de la ciudad en la que, por causas indeterminadas, gustan de concentrarse grupos etno-raciales muy determinados. Para poder conseguir tortillas de maíz o chile colorado, se debe viajar hasta el "Camaradas," a pesar de que nosotros los mexicanos, tal vez en ello sólo igualados por los chinos, tendemos a ser omnipresentes. De la misma forma, para conseguir okra, debe uno conseguir aventón, -desafortunadamente no manejo- hasta el "Shopping Street." El único sitio en la ciudad donde se puede conseguir yogurt de soya, tofu y mermelada de arándano es el "Confederated." En un primer momento tiene sentido que así sea, si cada uno de estos establecimientos tuviera distinta administración. Lo curioso es que todos pertenecen a una misma cadena. Ciertamente, llegó un momento en el que me resultó un poco difícil de tolerar el hecho de que el tema de conversación con cualquiera de estas gentes, cualquiera que fuese, siempre terminara desviándose, por lo divertido que les parecía mi acento, a la cultura mexicana, cuando la frontera con el país les quedaba tan sólo a cinco horas carro de ahí. Negros presagios invadían mi corazón cuando éramos interrumpidos durante nuestras conversaciones privadas en algún lugar público por alguna voz anónima que murmuraba frases de la especie de "English please!" Más aun, cuando preguntaba a los grupos de estudiantes qué sabían de mi país, con raras excepciones, lo único que mencionaban era que allá los narcotraficantes, que tanto enervaban la juventud de América, hacían además diariamente centenares de instalaciones artísticas con partes de cuerpos humanos, y que no querían servir como material de alguna de ellas. Sin embargo, cuando uno vive en los Estados Unidos termina acostumbrándose a eso y empieza hasta a hacer chistes sobre el tema. En alguna ocasión, me rehusé a redondearle la calificación a una estudiante por una décima y le llamé "incompetente." Para mi gusto, los muchachos del rumbo tienen una sensibilidad exacerbada, y me pareció un poco excesivo que fuera a quejarse de mí, aun cuando al final cambié de opinión y decidí acceder a lo que me pedía.

Durante lo que lógicamente siguió, la coordinadora, una señora orgullosamente oriunda del área, trató de tranquilizarme haciéndome saber que estaba consciente de que mis intenciones no eran malas. Para alentarme me dijo: "I know in México you are probably used to handling matters like this, but here we have laws and rules to keep things in line." El hecho de que estudie esta carrera hace que la gente se imagine muchas cosas descabelladas de mí. Yo respondí, en un inglés que hubiera sido perfecto en la medida del gusto norteamericano, salvo por mi acento, que por alguna razón jamás he logrado quitarme: "I'm an American, too. I've been in the States for over 15 years, now." Sin embargo, con la cuestión del choque cultural me refiero concretamente a otra cosa.

Quienes ostentan los puestos de mando en el departamento que coordina las clases de español a nivel licenciatura vienen de una zona muy específica fuera del continente americano, conocida tal vez por conformarse de regiones en las que se habla de todo menos el español, tal vez porque allá se prefiere llamarle "castellano." Asimismo, quienes suelen administrar el departamento completo de idiomas en general son miembros de cierta religión que, a diferencia de otras iglesias cristianas, tiene su cuna en este mismo país. Honestamente, no tengo ningún problema con eso, aunque el discurso que el sistema educativo a nivel universitario de aquí maneja exalta mucho la diversidad, - que quizás por ser sinónimo de "diferencia" y ser a su vez éstas tan evidentes, a veces confundo con "biodiversidad" accidentalmente-. Aunque ahora que lo reflexiono, parece olvidárseme que nuestra coordinadora es cabeza de una familia formada con una pareja de su mismo sexo, e incluso que han procreado una linda y saludable niña. Pensando en que la región del globo terráqueo a la que me refiero tiene un porcentaje tan alto de personas con este tipo de preferencias sexuales, no quisiera que mis declaraciones se entendieran como una insinuación de que en nuestra augusta institución hay un problema con la pluralidad. No vale la pena hacer un recuento demasiado detallado de las diversas "desavenencias" que en materia cultural he tenido con el grupo dominante en mi ámbito de estudios y laboral, así como lo difícil que puede llegar a ser desenvolverse en éste porque resulta casi imposible anticipar la reacción de dichas gentes ante nuestras costumbres. Es del conocimiento común aquello que dice que "a donde fueres, haz lo que vieres." Me causa conflicto juzgar quién tiene en este caso control de la situación, si los que detentan el poder o los que forman parte de la mayoría. En lugar de ponerme a enumerar las diferencias más radicales entre una idiosincrasia y otra, creo que para ese propósito contaré una anécdota. Mis padres viven justo en la frontera de Estados Unidos con México, del lado "gabacho" como se dice por aquí. A diferencia de la mayoría de las ciudades en la misma situación, la distancia que hay entre un país y el otro es la del crucero internacional, que abarca tan sólo unos pasos. Me hice amigo de un connacional de nuestros altos mandos que acababa de entrar al programa. Camaradas como éramos, me congratulé bastante de su buena estrella una vez que se inició en funciones como instructor y miembro del alumnado. Me parece injusta la forma tan dura en la que criticaron el hecho de que se haya hecho tan buen amigo de nuestro consejero académico, que hasta le ayudaba cuando se ausentaba de la ciudad a cuidar su casa, pasear al perro y regarle las plantitas. Para que pudiera trasladarse y no perder mucho tiempo en el cumplimiento de estos favores, manejaba hasta el auto del profesor. Estoy de acuerdo en que uno siendo el maestro y el otro el alumno, puede ser mal visto que el primero le encomiende este tipo de tareas al segundo, cuando su postura económica le permite contratar a "un mexicano ahí mugroso" y evitar la impresión de que, dada la situación y como es imposible remunerarlas en dinero, se haga en especie. Sin embargo, dudo mucho que alguien se hubiera negado, y menos con estos argumentos. Por mi parte, si acaso un profesor solicita mi ayuda, sobre todo para estos menesteres tan casuales y sencillos, jamás me negaría. Me sorprendió gratamente y me congratulé de todo corazón de sus cuantiosos logros, alcanzados en tan poco tiempo, sobre todo porque alguien como yo no podría haberlos conseguido ni aunque en ello hubiera empeñado el resto de mi vida. Los sistemas educativos en esos países son mucho más rígidos, -si algo bueno les han dejado las dictaduras que a lo largo de su historia han vivido-, y, por lo tanto, de acuerdo a la opinión de la mayoría de la gente que brinda empleos y revisa solicitudes de admisión en las universidades, mucho más eficientes. Ahí se forjan ciudadanos de provecho, y, para mi mala fortuna de no haber nacido allá, hombres de verdad. A mí me gusta pasar horas frente a la computadora buscando música viejita y escribiendo poemas, -nada menos-, mientras apuro galones y galones de cerveza, -eso sí, de la más económica, porque, a pesar de mis cuantiosos defectos, siempre me he empeñando por aprender cómo administrar mejor mi dinero sin tener que vivir en la miseria ni sacrificar las buenas costumbres-. Yo no tengo la disciplina que a él o cualquiera de su misma procedencia le sobra. Algunas de dichas hazañas fueron el haber conseguido una beca que otorga una poderosa compañía de telecomunicaciones. Un requisito indispensable para poder solicitarla es ser nominado por los profesores del plantel correspondiente. Es admirable la confianza que este individuo inspiró desde un primer instante justo entre los profesores que fungen en los más importantes cargos administrativos, que aun sin conocerlo como alumno no dudaron en meter por él las manos en el fuego y apoyarlo. Hubiera sentado un precedente en la historia de nuestra institución, de no ser porque otra paisana suya ya había ganado ese incentivo en circunstancias harto similares. Aquello ya se estaba convirtiendo en toda una tradición y nos quedaba diáfanamente clara con hechos como ése la supremacía académica y humana de su estirpe, cuyo nombre y fama estaban poniendo tan alto en sitios tan fuera y tan remotos de sus fronteras. Sin embargo, tan evidentes eran sus capacidades en las situaciones más escabrosas, así como su don de liderazgo, -comentaba con cierta frecuencia que estaba acostumbrado a mandar, aunque desafortunadamente, como le pasó al gran héroe Francisco Pizarro, su último trabajo había sido el de alimentar a los animales en una granja, a pesar de sus flamantes credenciales y títulos-, que, soslayando el requisito, a mi entender indispensable, de tener experiencia enseñando tal o cual nivel sub-graduado, se haya decidido nombrarlo coordinador del grupo de quienes impartimos el segundo nivel de los tres que se ofrecen a quienes pretenden que sea el español el idioma que cubra los créditos obligatorios que en este rubro exigen sus respectivos programas académicos. Era de admirarse su inquebrantable voluntad y sentido del deber que cuando en las juntas semanales obligatorias que teníamos para discutir el material y las actividades a implementarse, a veces, a pesar de que la agenda se hubiera cubierto cabalmente antes de tiempo, nos decía: "De aquí no sale nadie porque se estipula que estas reuniones tienen duración exacta de una hora." ¡Se puede apreciar que tenía una memoria asombrosa para acordarse de ese estatuto en particular, con tantas que teníamos! Aunque en esa ocasión opté por proceder correctamente y no moverme a ninguna parte, lamenté algunas situaciones previas en las que me habría convenido actuar de la misma manera, con estas personas, quienes además de ser nuestros líderes no merecen un trato tan desconsiderado ni grosero para su categoría humana. En una de ellas, durante una clase de crítica literaria, la alarma de mi celular sonó a la hora que se supone debía haber terminado la clase y a la que, por mi parte, yo debía salir urgentemente a hacerme la prueba de alcoholemia en casa, por motivos que ahora es irrelevante explicar. No me gustaba cargar con el aparato, y mucho menos en un lugar provisto no sólo de cinco sentidos, sino también la facultad de comunicar secretos justo a los confidentes más inoportunos. Nuestra profesora, orgulloso miembro de esta preclara élite, aun no había terminado de dictar su lección, y para ella, era poco más que un sacrilegio dejarla inconclusa cuando el calendario marcaba que debía cubrirla completa en la fecha marcada. Traería para mí serias consecuencias haberme abstenido de no practicarme el examen, pero yo, un genio inventor de pretextos, habría encontrado alguno de ejemplar plausibilidad sin mayores dificultades. Se me aflojan los esfínteres del arrepentimiento por haber abandonado el salón, aun cuando la profesora se plantó a escasas pulgadas de mí, encarándome para preguntar, sin poder disimular su desagradable sorpresa por mi desmedido cinismo, a dónde iba que fuera tan importante como para dejarla con la palabra en la boca. Yo me retiré, aunque mi conciencia se ensañaba ya conmigo, reprendiéndome por haberlo hecho. Sin embargo, mis pensamientos estaban ocupados en la proliferación de bacterias bucales a esa hora, casi las nueve de la noche, por más higiénica que fuera la persona. Insisto, tienen muy poca importancia las razones por las que mi cerebro optara por un tema de tan trivial índole. En otra ocasión, me dejé apabullar por el tumulto. En una de esas exhibiciones a cambio de las que daban puntos extra y en la que, cortando por vez primera una flor de mi jardín, me ofrecí a ayudar, la película se había terminado a las siete, hora a la que, según la publicidad concluiría el evento.

Empecé a firmarles a los estudiantes sus comprobantes para que sus respectivos profesores constataran su asistencia, sin que alcanzaran siquiera a darme las gracias algunos, seguramente por la premura de ser puntuales en sus múltiples compromisos. Sin embargo, nuestra coordinadora, -con su peculiar modo de interpelar a quienes están escalafones más abajo que ella, tal vez porque un rasgo distintivo de su identidad nacional es el ser "francos, de carácter recio y decidido"-, me hizo caer en la cuenta que faltaba la mesa de discusión, a la que los estudiantes estaban obligados a quedarse si acaso querían realmente el incentivo. Creo que ese día me faltaron un buen par de blanquillos en el desayuno y anduve débil el resto de la jornada. Debí haber defendido a capa y espada esa salida, pero, olvidándome de la autoridad que se me había investido, me amedrentó la muchedumbre, cuyos miembros repetían, como en un coro infernal "Time's up, dude. Got places to go and things to do."

En cualquier caso, es pertinente que comience con mi anécdota, que atañe a este personaje a quien líneas antes, a grandes rasgos, me he referido. El receso de primavera, que coincide o acaece alrededor de la semana santa en los países de habla hispana, estaba a punto de comenzar. Como tratando de hacer reír a Dios, el tema de conversación común eran los planes que cada quien estaba urdiendo para aprovechar el asueto. Yo hice lo propio con mi compañero. Tenía contemplado visitar al dentista para hacerme unas coronas que necesitaba desde tiempo atrás. Ni tardo ni perezoso, mi en aquel entonces entrañable amigo, demostrando efusivamente toda la confianza que en mí había depositado, se dio por invitado a casa de mis padres para acompañarme en la travesía, ya que, como seguramente es del conocimiento de todos, los servicios de salud aquí son prácticamente inaccesibles para quien gana un sueldo como el nuestro. No me pareció mal la idea, y emprendimos el viaje hacia el sur del estado, poblado de mexicanos o sus descendientes nacidos aquí. A cada parada, no faltó quien elogiara su peculiar manera de hablar, especialmente las damitas, una de las cuáles, al enterarse durante la conversación que no era "gringo," ni siquiera residente, sino un estudiante internacional, le ofreció matrimonio para que pudiera permanecer en el país. Una vez que cruzamos la frontera, tampoco faltó quién se le dirigiera en inglés, ni dama que no reparase en su forma de pronunciar algunas consonantes. Fuimos al dentista, donde gastó no más de diez dólares por un servicio que acá hubiera tenido qué pagar setenta veces siete, o quizá por cuatro generaciones más. Cuando terminamos con él, fuimos a la peluquería, de la que me llevé un recuerdo que conservaré hasta el último de mis días. La estilista, una agraciada joven quien acariciaba tiernamente los escasos, pero rubios y suaves cabellos de mi otrora buen amigo, se sumó a las muchas otras que elogiaron su forma de hablar tan "elegante," cuidándose además de no dejar de hacer la comparación con la verbigracia de un servidor. Incluso, nos preguntó de dónde nos conocíamos, como si no se explicara el extraño capricho del destino que facilitara que aquella criatura angelical y un servidor pudiéramos llegar a tener trato. La acotación que sobre mi forma de hablar hizo, a pesar de haber sido hecho en forma despectiva, a mucha honra la tengo: identificó mi "dialecto" con el que se utiliza en la Colonia Santa Rosa, un barrio popular donde proliferan los cholos. Curiosamente, algunas de las pocas cosas que me enorgullecen de mí mismo es que tengo tatuajes en el cuerpo y, por razones que no conviene traer a cuento en este momento, en más de una ocasión me tocó viajar en "camper" durante los años de mi juventud que ya jamás han de volver, después de los que, por algunas horas, la cárcel de Piedra, o a veces Babícora, se convirtieron en mi hogar. No lo digo porque no hubiera algo mejor en qué haber aprovechado entonces el tiempo, pero porque lo poco que me ha enseñado la vida, lo he aprendido por las malas, que me parece la forma más difícil de olvidar una lección.

Después, subimos a la "rutera," que es como se conoce entre los avecinados del lado mexicano al transporte público, y nos recetamos lo que yo tengo por los mejores burritos de todo el mundo, cosa en la que mi compañero parecía concurrir enteramente, a pesar de que en un principio estaba reticente de utilizar esa vía de transporte, -lo que me pareció legítimo, porque en su país la gente normalmente se desplaza por taxi, que en el mío está visto como un servicio para los turistas, por lo que suben considerablemente de precio en relación a otros lugares-. Una vez de regreso al lado americano de la frontera, ocurrió otro incidente gracioso que me hizo pensar nuevamente en cuan afortunados son algunos tan sólo de haber nacido. Yo como ciudadano y mi compañero como extranjero con visa de estudiante tuvimos que formarnos en filas distintas en el cruce peatonal. Se notará la extrañeza de que, en casi pleno primer cuarto del s. XXI, esta travesía se haya hecho en parte a pie y en parte por transporte colectivo. Creo haber mencionado ya que no puedo manejar, -situación en la que, nuevamente, no conviene profundizar demasiado-. Total, el oficial que me interrogó y revisó mis documentos de identidad se portó bastante neutral y no demoró demasiado conmigo. No obstante, ocurrió todo lo contrario con mi compañero, aunque no por las causas que se podrían imaginar obvias en situaciones como aquella. Tal como había venido ocurriendo durante todo el día, su acento llamó poderosamente la atención; en esta ocasión del oficial que se encargó de despacharlo. A partir de ese momento, el agente le sacó una prolongada plática a mi amigo sobre sus antepasados compatriotas suyos y de lo orgulloso que se sentía de su linaje. Ya había salido yo del punto de revisión, pero regresé, preocupado por la tardanza. Entonces noté la cara de fastidio de mi compañero mientras el oficial conversaba animadamente con él sobre heráldica. Una vez que éste notó mi presencia, me ordenó a gritos que me retirara, ya que me encontraba en una zona federal.

Sin embargo, una vez que llegamos a casa, donde acostumbro checar mis redes sociales y mi correo electrónico después de la cena, miro una entrada en su muro de Facebook con una foto de la edición concurrente del periódico amarillista local, que acostumbro también comprar cada vez que cruzo la frontera para leer sentado en el escusado. Era lógico que, habiendo visitado un país en el que nunca había estado antes, quisiera un "souvenir." Sin embargo, el encabezado del "post" fue lo que me pareció más interesante. Hablaba de su infinita tristeza de haber vivido la experiencia de visitar "el tercer mundo." Me pareció sintomático que se refiriera a México de esa forma, no sólo porque ya hubiera estado en Grecia o algunos países del norte de África, que a él le quedan tan cerca. Más bien me hizo preguntarme, si acaso por allá están tan bien, entonces ¿qué hacía alimentando, como todo un Don Francisco Pizarro, a los cerdos y las gallinas, con un título de licenciatura en periodismo? Pero sobre todo, ¿qué hacía entonces aquí, si no para buscar, al igual que yo cuando no contaba con mi certificado de naturalización, mejores oportunidades? Yo, que me quedaba en el cuarto contiguo al suyo, me puse a escuchar en la computadora "Maldición de Malinche" de Gabino Palomares. Lo hice con los audífonos puestos para que nadie se diera por aludido, preguntándome si se nos consideraba hijos del Tercer Mundo sólo como un gesto despectivo, o si acaso era una distinción que a pulso nos habíamos ganado.

A partir de entonces, empezó a desplegar una serie de conductas que nunca pude comprender y a las que tampoco pude acostumbrarme, por lo que mejor decidí espaciar los contactos entre nosotros, que al final se limitaron a las situaciones en las que eran estrictamente indispensables. Durante su estancia en casa, mis padres optaron por preparar algo típico. Por alguna razón, supusieron que agasajarían más a nuestro invitado compartiendo nuestra comida tradicional que cocinando algo más casual. Prepararon una discada, que se acostumbra comer en tacos. Mi buen amigo terminó comiéndose la carne en un baguette, que tuve que ir a traer de la tienda de la esquina. Adujo en secreto que se sentía incómodo comiendo maíz, porque eso era con lo que alimentaban en su continente a los animales de granja. A partir de entonces, las horas del almuerzo del resto de nuestro receso las pasamos en un restaurante típico de su país, que no era precisamente económico, estaba bastante retirado como para hacer el viaje en camión, y en el que no le faltaban motivos para hacer comparaciones de naturaleza axiológica entre su tierra y ésta. Como nuestro salario es tan precario y él necesitaba renovar su guardarropa, lo llevé a una tienda que cumple el estándar de calidad triple B, bajo el que yo me he regido siempre: bueno, bonito y barato. Terminamos, después de varias horas de buscar en uno y otro lugar, en una tienda tan exclusiva, que ni yo mismo había pisado hasta ese momento. Aun así, los pantalones resultaron no ser de tan buena calidad como los de por allá y el único par que se llevó lo compró muy a regañadientes. En ese y otros mandados a los que lo acompañé, cuando alguien notaba su inglés entrecortado y marcado acento extranjero, como aquí la mayoría de la gente es bilingüe, le respondían en español. Eso era motivo de gran molestia para él, quien insistía, a pesar de no tenerla bien asimilada, en hablar en la lengua de Shakespeare. Cuando definitivamente me di cuenta que no podría jamás haber tratos cordiales entre su especie y la mía fue una vez que me puse a contarle de las cosas de la cultura popular que me gustaban de su país, a lo que sólo me respondió con enorme desdén y condescendencia: "vaya, tú sabes más sobre el pop de mi tierra que yo mismo." Yo que pensaba que nuestra compañera paisana suya, quien también llegó al programa con todos los gastos pagados por cortesía del consorcio de telecomunicaciones más poderoso del mundo y respondía de manera similar a mis despliegues de conocimiento sobre su cultura, se había quedado solterona a causa de su difícil carácter. Ahora me explicaba que si él, como dice Patxi Andión, hubiera sido mujer, no dejaría, como en palabras de su compatriota queda mejor expresado, "que ningún hombre de mierda le abriera la puerta." La devoción de esta gente por la tecnología, manifiesta en los métodos didácticos concurrentes, era tal, que afirmaba no preocuparle que a su edad, en la que los embarazos son ya de alto riesgo en la mayoría de los casos, no hubiera encontrado un compañero con quién procrear. Para eso, entre muchas otras maravillas tecnológicas, existía la inseminación artificial, que incluso ofrecía la alternativa de elegir las características del donante, -quien en su caso sería obviamente rubio-, así como la criogenización de los óvulos.

Hemos entrado al mes en el que inician lo que en el calendario académico se conoce como "cursos de verano." Por mi parte, tuve la fortuna de ganar lo que aquí llaman un "fellowship."

Conozco la traducción de la palabra al español, pero prefiero que no se vaya a entender como un gesto de vanidad el usarla. De modo que me tomó justo el tiempo en que viaja la luz a través del espacio hueco decidir poner los pies en polvorosa. Mi compadre prefirió hacer una especie de arreglo monetario híbrido entre beca y préstamo, un poco complicado de entender para mí la verdad, y estudiar para sus exámenes comprensivos en lugar de trabajar. Este proceso representa la antesala de la escritura de la tesis, que es el último paso para graduarse. Quienes ya estaban en proceso de redactar ese documento decidieron adelantar sus planes, defenderlo y portar la toga y el birrete antes de la fecha que habían planeado, seguramente para conmemorar el natalicio de Don Benito Juárez.

Otros dos compañeros, echando mano de recursos distintos y variados para subsistir, optaron por no laborar tampoco. Otros cayeron en la cuenta de que, a pesar de que no gozaban precisamente de sus tiempos de mayor bonanza económica, eran estos sin embargo los justos para tomar unas largas vacaciones en sus lugares de origen, -porque, al igual que mi buen familiar político, casi todo el plantel es extranjero-, de aquí hasta que empiecen a caerse las hojas de los árboles y los pajaritos a migrar a latitudes más amorosas. Últimamente, en todos los comunicados por correo electrónico que la consejera para sub graduados enviaba a distintos destinos, se leía en una especie de nota a pie de página el siguiente mensaje, o algo así: "no garantizamos el cupo en alguno de los cursos porque algunos han sido cancelados de último momento debido a la falta de instructores." Acoto que me incomoda utilizar este anglicismo para dirigirme a los estudiantes por su similitud con el término "subnormales," como llaman algunos europeos a la gente mentalmente inadaptada, aunque a veces, por razones que resultan irrelevantes al caso, recuerdo que Dios sabe por qué hace las cosas y se me pasa. Para poder impartir clase, los alumnos graduados estamos obligados a tomar las que se ofrecen durante el verano. Siempre hay una sola alternativa por cada uno, y en esta ocasión los profesores menos populares anticiparon que, dictando clase en ese oportuno momento, finalmente tendrían suficiente quórum como para que los directivos del departamento de lenguas y lingüística no empezaran a hacerse cuestionamientos demasiado existenciales acerca de su utilidad para el plantel. El tiro les salió por la culata.

Me olvidaba de los instructores a quienes el departamento, por falta de fondos de su parte y mal desempeño académico o laboral de la de ellos, tuvo qué dejar ir. Algunos parece que ya se habían excedido en antigüedad y tenían la fantasiosa idea de que les otorgaron permanencia. Un detalle curioso es que eran precisamente los que tuvieron la iniciativa de manifestar la incomodidad generalizada ante las autoridades a cargo de toda la universidad, que sólo nuestros güeritos por algún motivo no compartían. Uno de ellos pertenecía al concejo estudiantil de la universidad, cosa en la que le recomendaron tantas veces no perder el tiempo. Y pues, el que no oye consejos no llega a viejo.

En fin, para abreviar, el barco se está hundiendo. Soy una rata muy afortunada.

Un buen día de los, -espero-, últimos que pasé por allá, estábamos yo y mi compadre en la cantina que quedaba frente a mi apartamento. Aunque cueste trabajo creerlo, nos encontrábamos trabajando. Cabe señalar que la temperatura ya estaba subiendo y yo, -a pesar de que hacía unos días había terminado con una racha de no beber ni fumar que duró cerca de un mes-, en esos casos, no puedo quitarme la sed mas que con una buena cerveza. En ese lugar en especial, se sirven en generosos contenedores de vidrio llamados "schooners," más o menos de 16 onzas, escarchados de modo que parecen sudar copiosamente con el calor pasado un rato en la mesa. Creo que muchos ya conocen el adagio ese que dice "no beer, no work," que mi corazón de maistro albañil de antaño es incapaz de desacatar. Revisábamos los exámenes finales. Cada uno constaba de ocho páginas en las que no había ningún ejercicio de opción múltiple, ni de relacionar columnas, ni nada que pudiera ser calificado con el aparato conocido como "scantron." Paradójicamente, ese tipo de ejercicios, de acuerdo a los iluminados ingenios de nuestros superiores, eran obsoletos. El último grito de la investigación didáctica en lingüística aplicada prescribe que los estudiantes, para que practiquen todas las habilidades que el programa tiene por objetivo desarrollar en un solo ejercicio, hagan en la mayoría de los casos oraciones completas utilizando, por ejemplo, pronombres que no existen en su idioma y conjugando verbos bastante irregulares, -que, cabe reconocerlo, muy amablemente se les facilitan en un banco de palabras, en su forma infinitiva, por supuesto-. Como estas actividades implicaban que el estudiante pusiera en práctica varias aptitudes a la misma vez, lógicamente no sería justo que al poner una nota se siguiera un criterio de todo o nada. Para ello, se nos proporcionaban rúbricas donde nos indicaban cuánto había qué descontar o agregar de acuerdo al cumplimiento de los objetivos de aprendizaje. Tal vez sea un poco complejo de explicar, pero trataré de dar algunos ejemplos. Por decir, si acaso faltaba un artículo definido, se les restaba .276, si no se conjugaba el verbo correctamente, .798, o si agregaban un pronombre reflexivo a un verbo que puede o no llevarlo indistintamente, se les agregaba .3213. Como diría el legendario cantante defeño Alex Lora, nada es de gratis y por cualquier cosa tienes qué luchar. En aras de la ecuanimidad con el estudiante, se sacrifican, en un momento en que no hay ninguna especie de distracción, de diez a doce horas en esa tarea. Del resto de las actividades que se les administran a los estudiantes durante el semestre, baste decir que dos veces en ese periodo tienen qué hacer un examen oral. Lo completan en pares y, para calificarlo, se graba en CD. Cada audio por pareja tiene una duración aproximada de 10 minutos, así como la rúbrica que se utiliza el mismo número de aspectos que el instructor debe tomar en cuenta para agregar o quitar puntaje. Tomando en cuenta que, como se escucha a dos personas hablar a la vez, pero se califica individualmente, para darse una idea clara del desempeño de cada uno es ineludible, como se decía en mis tiempos, rebobinar el casete más de una vez. En una ocasión en la que me sentía bastante entusiasmado y energético me di a la tarea de revisar este ejercicio en el centro para estudiantes graduados, donde casualmente la persona que despacha los asuntos laborales y aquellos que tienen qué ver con el bienestar de los estudiantes graduados tiene su oficina. La hora a la que llegué coincidía con la suya de entrada. Aprovechando el encuentro fortuito, me tomé el atrevimiento de pedirle un favor; que apuntara la hora a la que empecé a calificar y, asimismo, tomara nota de si acaso cuando terminara su turno seguía yo ocupado en lo mismo. Me pidió ver, una vez que terminara, la hora a la que había terminado con el último alumno. Normalmente tenemos un plazo de cinco días para entregar calificaciones, sin importar cuánto trabajo tome una actividad respecto a otra. Asimismo, se nos asignan dos grupos de veinte personas en promedio. En cualquier caso, tendría qué volver al día siguiente, circunstancia que aprovecharía para inquirir sobre mis encargos. Me propuse acabar en esa sentada con un grupo completo. Naturalmente, no lo logré. Eran días en los que el cúmulo de trabajo era más copioso de lo común para nuestro funcionario y, a pesar de que tuvo qué checar hora de salida mucho después de lo habitual, yo seguía ahí. De hecho, me cerraron la tiendita de la esquina y, con lo mermadas que suelen quedar mis arcas a fin de mes, - motivo sin embargo insuficiente para no echarme mi alifús que con creces me había ganado-, terminé en la barra, -que no es la alternativa más económica- y, eventualmente, bastante insatisfecho. Por eso la medianoche es considerada en algunas culturas como la hora de las brujas. Total, calculamos que calificar esa actividad toma aproximadamente unas 16 horas, si acaso se da uno sólo un receso de media para comer y se va al baño de cuatro a cinco veces y, asimismo, estas visitas tienen una duración promedio de cinco minutos. Evidentemente, por más que se quisiera eficientizar el tiempo de los estudiantes, como suele suceder con todo lo que es práctico y cómodo, alguien tiene que compensar o, mejor dicho, pagar el plato roto. Últimamente, los altos jerarcas del departamento de lenguas y lingüística estaban tratando de evitar que alguien se enterara de que existe un organismo estatal encargado de velar por los derechos laborales y, como abriendo de par en par sus corazones, convocando juntas para que externáramos nuestras inconformidades. Como debe suponerse fácilmente, muchos de mis compañeros son extranjeros. Tal vez supondrían que entre ellos imperaba el desconocimiento de la ley, pero olvidaron que algunos cuantos fracasados de nosotros somos nacionales, y que tenemos experiencia laboral en el país, por más fútil e intrascendente que sea, como en mi caso. Además, la situación se agrava no sólo por el hecho de que tan sólo en revisar una actividad se ocupan 16 de las 20 horas semanales que nuestra posición nos permite trabajar. Aquí el tema de la explotación de inmigrantes tiene un estrecho vínculo emotivo con el de la esclavitud y adquiere un matiz por de más siniestro.

Igual, esos asuntos ya no me incumben. Que especulen al respecto aquellos a quienes les afectan. Yo ya no vivo ahí. "No encerrarán entre murallas mi pensamiento. Resido en las estrellas." Sin embargo, sirva para que se comprenda un poco mejor nuestra presencia en ese sitio de sano esparcimiento con un propósito aparentemente tan poco compatible. Los cubículos que nos asignaron en el que hasta hace poco era mi lugar de trabajo son tan apretados, y tanta la concurrencia, que a veces me daba miedo de contagiarme de liendres.

En fin, también hasta hace poco acostumbraba ver un programa de televisión donde aparece un peculiar personaje. Es, nuevamente, de muy poco interés traer a colación las causas por las que dejé ya de hacerlo. Se trata del payasito Pilín, cuya mayor gracia consiste en parodiar a quienes en tiempos de mi irrecuperable infancia ejercían el mismo oficio. Debo reconocer que algo me ha dejado estar inmiscuido en este ambiente. El acceso a la "alta" cultura me permite entender y disfrutar de sus comentarios metatextuales e históricos, particularmente profundos, sobre la obsolescencia planificada y el medio del espectáculo mexicano en general. En aquella ocasión, para ayudarle a matar a mi compadre el tedio, - debe ser fácil discernir que esa base la tenía yo ya cubierta-, le conté un par de chascarrillos que le aprendí a mi personaje favorito. Creo que, ya relajado y desinhibido, también le dije a alguna damita que me gustaría ser profesor de tercer grado de primaria, con el propósito de pasarla al cuarto. Incluso, -de eso sí me acuerdo bien-, le conté sobre la opinión de Stephen King sobre las adaptaciones cinematográficas de sus novelas. En alguna ocasión le oí decir que, con la excepción de *The Shinning*, que Stanley Kubrick convirtió en una verdadera obra maestra, le importaba un reverendo carajo lo que hicieran con sus ideas y las convicciones artísticas, siempre y cuando no dejara de recibir regalías, por las que cobraba sumas que ni mi compadre ni yo, si seguíamos así, íbamos a ver ni juntas, ni sumando todo lo que ganáramos hasta el fin de nuestros días.

Después de un rato en esa misma dinámica, noté que mi entrañable familiar político paró abruptamente de reírse y, mirándome fijamente, como si quisiera pedirme algo, el semblante se le llenó de sombras. Extrañado por su repentino cambio de estado anímico, le pregunté si necesitaba algo. En ese momento, aunque me encontraba contando chistes de lo más animadamente, no me sentía precisamente demasiado orgulloso de mí mismo ni de lo que hasta ese momento había logrado en la vida. Sin embargo, lo que mi compadre me propuso, -debo reconocerlo con toda humildad, y aunque suene como una cita de novela rosa-, arrojó un lánguido rayo de esperanza sobre el valle de presagios fatalistas en el que se habían transformado mis prospectos a futuro.

Me pregunto: ¿Por qué, con su agilidad mental, su predisposición optimista ante la vida y su carisma, y yo, quien como quiera que sea tengo experiencia en el ramo de las publicaciones y he sido reconocido en algún momento, no dejamos esta vida tan llena de penurias y emprendemos un proyecto en el que nuestros talentos se vean remunerados en su justa medida?

Me dejo bastante intrigado. A pesar de que no entendía con claridad a qué se refería, en ese momento sentí lo que algunos llaman un presentimiento, otros un presagio y algunos más, una corazonada. En cualquier caso, puedo vanagloriarme de que casi siempre son acertadas. Sin embargo, no puedo definirlo como un don y no sé tampoco cómo más llamarle, pero puedo comparar muchas de esas instancias con lo que debe sentir alguien quien ha sido arrojado de un avión a mucha distancia de altura, con pleno conocimiento de no llevar paracaídas. Y hablando de dones y de aviones, en ese momento mi compadre empezó a ejercer entusiastamente una característica que compartimos todos los seres humanos. Nuevamente, esta peculiaridad que todos tenemos en común me llena de confusión. No sé si se trata de una virtud o un defecto. Me refiero al soñar, que para ejercitar no se necesita estar dormido.

Haciendo a un lado por un momento nuestras obligaciones, nos planteamos varias posibilidades. Sin embargo, todas giraban en torno al objetivo de no volver a servir a jefe alguno más que nosotros mismos, ya que esta condición, según nuestro sentir en ese momento, cambia la perspectiva de quienes la ostentan, deshumanizando y desvalorizando todo y a todos los que les rodean. Entre algunas de las cosas que contemplamos fue invertir parte de nuestros ahorros en una editorial, o algún tipo de revista de variedades. Sin embargo, el que más me llamó la atención y dio pie a varias otras discusiones posteriores en torno al tema fue el de escribir una novela o emprender cualquier otro proyecto literario "comercial." Le pedí que definiera para mí cómo concebía este concepto y, aunque no se lo manifesté abiertamente, no coincide con la manera que yo lo entiendo. Él se adscribe a la idea de que los productos que en el mercado lector tienen mayor convocatoria siguen una fórmula, con el propósito de brindarle al espectador algo que lo entretenga y nada más, cumpliendo sus expectativas y evitándole el sufrimiento de cavilar o tener qué interpretar por sí mismo cualquiera que fuera el tema que se planteara. Utilizando el ejemplo del *Código Da Vinci*, y otras obras que suelen catalogarse como de acción o misterio, me explicó con sencillos esquemas dibujados en las servilletas, que la estructura de este tipo de obras, -casi en todos los casos la misma-, exigía una unidad de tiempo, como hace siglos lo planteara Aristóteles, preferentemente un día o una noche, sin saltos para adelante o atrás. La historia solía dar inicio con un conflicto, a veces un misterio qué resolver o un problema qué solucionar antes de que concluyera dicho lapso de tiempo. Los elementos tales como los personajes, el espacio y la época debían consagrarse todos a la construcción de una conclusión que, sin importar que fuera optimista o pesimista, no dejara de prescindir del elemento sorpresivo. Se me ocurrió preguntarle, en un tono que no llegara a insinuar la intención de contradecirlo o cuestionar sus conocimientos, - porque, como ya se sabe, los artistas son individuos de una sensibilidad exacerbada, para bien o para mal, sobre todo cuando tienen un título de maestría en su oficio-, si creía que ocurría lo mismo con las comedias o los dramas románticos. Él me respondió que parte de la condición humana, reflejada en la construcción del entorno y las circunstancias donde se desarrolla determinada obra, son las relaciones sentimentales entre unos y otros, cuyas variedades serían más difíciles de cuantificar que las estrellas del firmamento. Agregó que, al igual que en las obras de otros géneros, se ponían a prueba, como Aristóteles también lo planteaba, a personajes que en tal o cual cultura o, mejor dicho, mercado, representaran los más altos ideales estéticos. Aunque, ciertamente ese era el caso con una buena parte de lo que yo mismo había consumido a lo largo de mi existencia, me pregunté por la cenicienta. No quise preguntarle a él, pero el afán perverso de contradecir al señor experto y probar que estaba en un error me estimularon para plantearme varias situaciones que en algún dado caso pudieran convertirse, con la debida intervención de un experto como él y el trabajo de ambos, en un disparo limpio, que diera justo en la piedra angular de la pirámide de los billetes verdes y la derrumbara sobre nuestras ilusas cabezas.

Sin embargo, la resaca intensificó el duro aterrizaje sin paracaídas desde las nubes de tul en las que me encontraba brincando y haciendo piruetas. Mientras algunos hilos de bilis y la especie de bicarbonato de sodio que se forma en estos casos recorrían un tortuoso camino inverso a través de mi esófago hacia el exterior de mi ser, en el que tomaba intervalos para observar mi semblante rojo y sudoroso como un tomate al rocío matutino, así como unos ojos en carne viva que querían saltar de sus órbitas, caí en la cuenta de mi verdadero aspecto, así como de la dimensión real de las cosas. La verdad es que el único conflicto en el mundo real es que cometí el error de aceptar el antes mencionado "fellowship" antes de tiempo, por el indescriptible horror que me causaba la sola idea de tener qué someterme a las cuestiones idiosincráticas y de organización ya descritas en un periodo académico particularmente intensivo, en el que se sumaba el factor de la prisa, que nunca he sabido manejar sin olvidar detalles importantes o, de plano, cometer los peores errores. Me di cuenta que, como prescriben los esquemas que se repiten a lo largo de las manifestaciones culturales, quien trata de evitar su destino acaba precipitándolo, y a quien recibe un don demasiado prodigioso, en realidad se le está poniendo a prueba y, generalmente, al fallarla, ésta se convierte en un extraordinariamente cruento castigo. Como les mencionaba, fui el afortunado acreedor de un "fellowship," una de cuyas condiciones es terminar una tesis que cumpla y exceda las medidas de la excelencia. Llevo ya exactamente un mes y medio que regresé a casa de mis padres para escribirla, y es fácil adivinar para quien haya llegado hasta este punto en su lectura los avances que he hecho hasta el momento. Decidí arriesgarme a recibir todo el peso del pie de Dios, que suele descargarse sobre quienes osan desafiarlo, y aprovechar el hecho de que no tengo ya qué pasar 32 horas calificando una sola actividad ni la necesidad de paliar el tedio en el que puede derivar revisar exámenes finales con alcohol e ilusiones. Acepté, una vez que me lo ofrecieron, sin que cruzara siquiera por mi mente la idea de pensarlo detenidamente, recibir las bondades de dicho privilegio una vez que diera inicio el periodo académico veraniego, y no en el otoño, como en un principio lo estipulaban las condiciones. Refiriéndome a las circunstancias laborales a las que hasta ese momento debía atenerme, así como al horizonte que se ofrecía para mí gracias a mis elecciones profesionales, ambas pintaban como el alcoholismo crónico, enfermedad progresiva y mortal que, como la furia de un tornado o un tsunami, no se detiene hasta que ha sembrado a su paso la destrucción y la tragedia totales. A medida que transcurre el tiempo, en lo único que cambia es en que empeora. Una vez más, no hay caso explicar porqué tengo tal conocimiento de esas cuestiones. Tampoco puedo dar una explicación racional de la decisión que tomé. Cuando le exijo a mi conciencia una respuesta, me la niega y, en su lugar, me ordena lo mismo que esa tarde en la cantina: seguir los impulsos de mi corazón, si acaso aquello fue una corazonada. Yo a su vez repito en mi mente, a modo de mantra, que a veces pienso que no tienen otro fin que el de repetirse, que el que no arriesga, no gana.

Además, los masones, en cuya doctrina parece estar proscrita la religión y todo lo referente a ella, aconsejan que donde los demás ven tribulaciones, uno debe ver oportunidades. Mi asesor de tesis, quien ostenta el grado superior que estas sociedades confieren, en este momento, a sus cuarenta y dos años de existencia, mudó su cabellera color algodón, característica de los hijos de la virgencita de las Mercedes, por una de un negro más abismal que una noche sin estrellas en México D.F. Ahora se encuentra, y lo estará por el resto del estío, aprovechando su soltería, -que a veces yo veo como una tribulación-, zigzagueando en una hamaca con un roncito y un habano, viviendo una primavera más en su vida al amor del sol de verano, con todo y reverdecimiento, como un cambio de estación. Entonces dudo mucho que en esas circunstancias se acuerde de un servidor, hasta que las últimas golondrinas se estén preparando para emprender su prolongado vuelo hacia los horizontes vedados hasta para el más guajiro de los soñadores.

Mi perspectiva sobre el futuro una vez que haya pasado por lo que él ya pasó es distinta. Yo veo mi juventud como algo que se fue para no volver jamás. Cuando quiero llorar, no lloro, y, como en esta ocasión al escribir esto, a veces lloro sin querer. Por eso me angustia tanto y me llena de espanto que, en el mejor de los casos, cuando yo me doctore, debido a que nadie deja un puesto libre en la academia a menos de que se muera, se retire, o cometa algo tan grave de la especie de acosar sexualmente a las/los alumnos/as, acabaré pudriéndome en algún pueblucho del norte de

Estados Unidos, cagado del frío que tanto detesto, en un departamento de Español pequeño, pero grande en cuanto a infierno, esclavizado a los caprichos de quienes no dejarán de reprocharme que no me gusten los hombres o, simplemente, por llevar lo que llevo entre las piernas, -aunque con una profesión como esta nomás me sirva para hacer pipí-, por ser el patriarcado vivo, -aun sin hijos-, y obligado a escribir sobre literatura para conservar mi trabajo, en estos tiempos en los que la gente ha desarrollado una verdadera alergia por la lectura y prefiere ponerse a jugar videojuegos, ver el Netflix o a consumir su única y corta vida en cualquier otra cosa menos eso, publicando en lugares a los que no tiene acceso nadie más que los que se dedican a lo mismo que yo. El que lo dude, puede leer con más detalle en *Carlota Feinberg*.

De modo que, como dice el refrán, cuando el gato

sale, los ratones se pasean, y yo, como la rata

afortunada que soy, trataré de hacerme a la idea de

que esto es una oportunidad. Lo que se avecina

para mí si no intento algo, no es una vida que valga

la pena vivirse. Los doctores que las damas buscan

con pretensiones serias en estos apocalípticos

tiempos no son los de la clase de la que, con

alguna suerte, voy a formar parte. El único

consuelo que se me ocurre una vez que ande por

allá, con mis botas de picudas suelas para no

resbalarme en el hielo, es que tal vez aprenda a

cazar alces y renos. Me va a dar tanto gusto

cuando lo haga, que hasta me voy a pintar las

chapitas con la sangre calientita de mi primera

víctima y, siguiendo el ejemplo de algunas celebridades a quienes se lo criticaron tanto, subiré la foto a mis redes sociales.

Siempre he estado de acuerdo con quienes afirman que la inspiración, tal como los sueños, es divina y que el "artista" no es más que el receptor de un mensaje que no tiene nada qué ver con el "talento" o el "genio." Lo único que tiene qué hacer es decidir si es digno de transmitirlo tal como los cielos o lo que sea se lo han enviado, o dejar, dada su característica fecha de caducidad cortísima, que se desvanezca de su mente. He aprendido, en las buenas y en las malas, a querer a mi compadre como si fuera un hermano de mi propia sangre, pero no me cabe en la cabeza la idea de que una obra literaria sea buena o mala nomás porque sus profesores de la maestría así lo dictaminen. Me irrita sobremanera que, cuan orishas o demonios evangélicos, parecen posesionarse de su voluntad a la hora de hablar del tema, y usa hasta su vocabulario y su mismo tono de voz. Tal vez me muera sin llegar a saber porqué su juicio de las cosas tiene más valor que el de la gente que, sin hacerlo porque se los pidieron en la escuela o para encajar de uno u otro modo en ningún lado, sale a la calle o se avienta al océano de la información virtual y las telecomunicaciones, regida por sus propios impulsos, y compra un libro, con el simple propósito de evadirse un rato de su triste y monótona existencia. Jamás voy a entender porqué le resultan tan llamativos los laurelitos esos que le ponen a las novelas en pasta blanda o a los DVDs; a mí que me parece que arruinan lo que en algunas ocasiones puede ser un excelente ejemplo de arte gráfico. A juzgar por la cantidad de gente a la que he recurrido en busca de una respuesta, estoy resignado a no llegar a saber nunca quienes son realmente los responsables de que pintarrajeen las portadas de las cosas con esos adefesios tan horrendos, que llaman más poderosamente la atención de algunos que los eclipses, las auroras boreales o los cometas. Tampoco voy a vivir para comprender porqué su gusto, cosa que todos los seres de la creación tenemos en común, tiene qué tener el valor de la ley, porqué hay quien busque tesoros sepultadas bajo esas plantuchas alérgenas, y luego venga afirmar, fingiendo toda la convicción del mundo, que el traje del emperador le encanta, con el único argumento de ganó tal o cuál premio, o lo recomendaba tal o cuál Nimrod. No concibo la idea de que, hoy en día, si uno no estudia o no ostenta un título de escritor profesional, no sea digno siquiera de que escuchen alguna de sus ideas por estar ocupados en lamerle... las botas al connato de contacto en turno. Los escritores de los que más se acuerda la gente, aunque muchas veces nomás los conozcan de nombre, no estaban afiliados a ningún gremio institucional ni tenían un pedazo de papel en el que se leyera "diploma escolar." En la mayoría de los casos, estaban inmensamente solos. Eso de estudiar para reconocer, aceptar y transcribir inteligiblemente lo que el cosmos a capricho tiene a bien en trasmitirnos a veces, cuando menos lo pensamos son, con perdón de la expresión y a falta de vocabulario más preciso, mamadas.

En un principio, me sorprendió que alguien con una opinión tan distinta del quehacer creativo, cuyas pocas y únicas ocasiones de querella conmigo fueran por ese motivo, me hiciera semejante propuesta. Sin embargo, me acabé de convencer de que la inspiración la manda el cielo, porque me sentí muy honrado precisamente de que fuera él, quien tantas veces secundó o encabezó a quienes habían desacreditado mis siempre desafortunadas incursiones en la creación literaria. Me entusiasmaba y era un honor que se abriera a la posibilidad de un proyecto conmigo. A partir de ese momento, las ideas no paraban de bullir en mi cabeza, como un enjambre de avispas enloquecidas. Nunca había tenido tantas juntas, y sin más razón que, simplemente, tener la oportunidad de entretener alguna hasta sus últimas consecuencias.

Entonces llegó el momento de mudarme. Supuse que aquí tendría tiempo para preparar un portafolio atractivo para mis posibles próximos jefes, terminar de redactar artículos para su publicación y embellecimiento de mi currículum vitae, avanzar con este mismo proyecto, y nadie a quien rendirle cuentas más que a mi puerca conciencia y, suponía yo, a mi ilustre compadre.

Hasta el momento el único proyecto en el que he invertido algún esfuerzo y que, por falta de organización y dominio de mis impulsos no he concluido, es este mismo. Estoy en este negocio, en primerísimo lugar, porque soy bastante malo para las matemáticas y cualquier otro tipo de tareas en las que haya qué invertir un mínimo esfuerzo deductivo.

Sin embargo, hablando de inspiración, me imagino que sus palabras en ese momento obedecían al hastío de tantas horas imbuido en una tarea tan mecánica y repetitiva; situaciones en las que todo lo que se antoja es encontrar una salida para huir a la velocidad del rayo. Su patrón habitual de conducta hacia mis aspiraciones artísticas no cambió demasiado respecto a los tiempos en los que estudiaba su maestría, de lo cual me percaté una vez que le empecé a entregar mis propuestas. Ninguna de esas ideas, que le planteaba casi a diario a partir de entonces, satisfacía sus expectativas. Cabe reconocer con toda humildad que aunque algunas de ellas tenían elementos sumamente sensacionalistas, así como combinaciones bastante escandalosas de ellos, -como supongo que le gusta al consumidor del producto masificado o, dicho por su nombre, chatarra, que incluyéndome a mí considero la inmensa mayoría de los mortales-, ninguna se conformaba realmente con la fórmula que él concebía como única para que una novela u otro producto narrativo tuviera algún éxito. A pesar de todo, seguí intentándolo hasta que un sábado, mientras asistía al club de cine que organiza mi abogado, -y tómese este dato por irrelevante, como tantos otros-, me tocó en suerte ver un par de películas de ciencia ficción, la de *Edge of Tomorrow* con Tom Cruise, y *Predestination*, con el menos conocido, pero igualmente talentoso Ethan Hawke. Creí haber comprendido finalmente el concepto que me planteaba mi buen compadre y, nuevamente, escribí un bosquejo de no más de tres páginas, destinado a su minucioso escrutinio, tan hábilmente entrenado por los acreedores a tanto y tanto premio Colima, Fuentes Mares, Xavier Villaurrutia, y un largo etcétera de importantes galardones literarios. No me parece prudente discutir en detalle esta última idea, porque el tiempo es el juez más implacable, pero el más sabio que existe, y de todas las que se me ocurrieron hasta que mi compadre por fin me dio a entender que Dios no le dio alas a los alacranes por la misma razón que a mí no me concedió ningún talento para escribir, es la única por la que todavía siento cierta simpatía. Casi todas las demás no eran mucho muy distintas de las que orientaron la factura de, por ejemplo, *Charros Contra Gangsters*, *Chabelo y Pepito Contra los Monstruos*, *Emmanuelle Contra los Últimos Caníbales*, o *La Invasión de los Zombis Atómicos*. Hay qué acotar que, por cierto, ninguna de estas películas logró alguna especie de éxito financiero en su momento. En la mayoría de los casos, nadie supo de su existencia hasta mucho después de que murieran sus artífices, quienes parecían entretenerse en contar los fracasos que iban acumulando. Debería yo saberlo mejor. Una cosa es un producto kitsch, que para Fernando Vallejo, un gran héroe de mi compadre, es uno de los muchos sinónimos de la mierda, y otra es una obra comercial que tome en cuenta que, después de todo, la gente que va al cine, al Sanborn's o al Barnes & Noble, y asimismo se dedica a cualquier otra cosa, tiene mucho más sentido común que uno. A ese punto, mi compadre ni siquiera se tomó la molestia de responder el correo donde le envié el documento como adjunto, tal vez porque cayó en la cuenta de que estaba perdiendo un irrecuperable tiempo que podría aprovechar en encontrar la salida de ese agujero donde estaba atascado y donde jamás valorarían su talento superior, en leer justo el tipo de literatura, si así se le puede llamar, que condenaba con mayor vehemencia. No me parece prudente enumerar tampoco todo el resto de las cosas que se me ocurrieron a lo largo de esas semanas, aunque aquella que decidí llevar hasta sus últimas consecuencias surgió de la "evolución" de algunas de ellas, motivo por el que las repasaré de la manera más escueta posible. No sé porqué tomé tan en serio que alguien como mi compadre me propusiera ese trato. No sé cómo no imaginé que al final, por obra del cauce natural de las fuerzas físicas y la gravedad, en algún momento abandonaría el proyecto. Era mucho soñar. Sin embargo, había arriesgado ya demasiado e invertido mucho tiempo y esfuerzo como para dejar inconcluso lo que llevaba ya tan avanzado. Además, me tocaba más a mí, o, dicho de otro modo, entre menos burros, más olotes. Entonces, acordándome también de todo lo que viví en esa, según yo, poco menos que institución, -como a las cárceles y los manicomios se refieren los políticos- , así como en ese poquito más que rancho, después que pasaron algunos días de incertidumbre, en los que jamás recibí respuesta de mi compadre, ni para decirme siquiera que no le había dado tiempo leer lo último que le mandé, puse la canción de "Tengo Derecho a Ser Feliz" del Puma en el radio y, una vez que la escuché hasta que me harté, empecé la búsqueda de rumbo; tal vez no sólo el de esto, sino el de mi vida misma.

Ya antes había hecho mención de que tengo otras muchas prioridades y no precisamente todo el tiempo del mundo, pero como la inspiración es divina y en mi rancho dicen que es más grosería desairar que no compartir, no fuera yo a cometer un sacrilegio. Entre la canción del Puma y la de Sabina esa que dice que "al techo no le haría nada mal una mano de pintura," caminando en círculos con el riesgo de ir a cavar un hoyo con mis pasos, de la nada nuevamente brotó una idea. Ya también había dicho que no soy un tipo versado en ningún tema y no estaba el horno para bollos y ponerme a indagar sobre detectives, marcianos, maquinas del tiempo, la novela histórica ni nada. Ni en la misma cotidianeidad de cualquier individuo ordinario es conveniente ponerse a hablar de lo que uno no sabe, y no me iba yo a poner a interesarme a estas alturas del partido que llamamos vida, larguísimo y sinuoso, en cosas en las que jamás lo había hecho. Sin embargo, una vez que en mi mente trajo a cuento ese concepto de la novela histórica, -que habría sido lo más difícil que me hubiera puesto yo a escribir, porque requiere de años de estar hundido en papeles amarillos y mucha paciencia, otro recurso con el que no cuento-, me acordé de un sub concepto, por llamarlo de alguna forma, derivado de este género. En alguna ocasión mi asesor de tesis había hecho mención de la historia alterna, que se plantea cosas de la especie de ¿qué hubiera pasado si en lugar de los españoles, los indios hubieran conquistado Europa? o ¿qué si los Nazis y sus compinches hubieran ganado la segunda guerra? Entonces, caí en la cuenta de que, después de todo, sí había un asunto del que estaba bastante informado. Érase una vez un matrimonio de histriones. Quien hacía las veces de mamá tenía una socia con quien conformaban una dupla comparable a Laurel y Hardy, Viruta y Capulina, Terrance y Phillip, etc...y, a su vez, quien hacía las veces de papá, tenía un compañero de aventuras para un personaje que había inventado, que siempre lleva, -hasta la fecha-, una botarga puesta. El concepto no era muy distinto a la de Itchy y Scratchy. Ambas mancuernas por sus respectivos lados llegaron a tener un éxito internacional inusitado. Un no muy buen día, el amigo inseparable del personaje de la botarga aparece asesinado, durante la época más exacerbada de la violencia relacionada con el tráfico de drogas. Como entonces era característico del modus operandi de los criminales que cometían este tipo de delitos, hicieron cosas verdaderamente atroces con el cadáver del artista, comparables a las que hizo Aquiles con el cuerpo de Héctor en *La Ilíada*. Tiempo después, la pareja sentimental de actores decide divorciarse, aduciendo no a otra razón que al exceso de trabajo de ambos. Otro no tan buen día, al final de un espectáculo particularmente concurrido de la ya ex esposa y su socia, la segunda decide hacer un anuncio que crea un ambiente de suspenso y expectativa entre los asistentes. Anuncian que deciden disolver su sociedad por una falta supuestamente bastante grave. Tiempo después, ella aclara en varias entrevistas que su esposo la estaba engañando nada menos que con su propia compañera de trabajo. Para añadir insulto al agravio, esta situación se venía dando desde tiempo muy atrás antes del divorcio de la socia y su esposo, además de que la parte engañada padecía un cáncer recurrente. No existe modo alguno de que no se hubiera acabado ahí la historia, en seco. Bueno, sí; el único que se antoja posible en casos tan delicados como éste. La primera piedra no fue una, sino al parecer infinidad de ellas para la adúltera. No le quedó otro remedio que hacer un cambio bastante radical y convertirse a evangélica. Me congratulé de que, después de todo, haber consumido tantísima basura y todo lo que es malo y hace daño en mi ya prolongado pasar por este mundo, de algo me iba a servir. El argumento que el tipo de la botarga brindó a la audiencia cuando anunció el rompimiento entre él y su mujer a mí nunca terminó de convencerme. Entonces se hizo la sinapsis en mi cerebro, ¿qué tal si este individuo hubiera sabido lo de la infidelidad de su mujer antes de que se hiciera del dominio público, pero por el bienestar de la familia que ya habían formado lo ocultó, esperando que las circunstancias se fueran dando de una forma menos abrupta y dolorosa, pero al fin sin poder evitar el destino ni tapar el sol con un dedo? Todo era cuestión de omitir nombres. Un entrañable amigo mío y compañero de estudios se convirtió en escritor publicado de una manera no muy distinta. En algún momento de su vida fue reportero de deportes para una de las dos cadenas de televisión más importantes de México. Sin embargo, por razones que nunca ha especificado y en las que tampoco tuve demasiado interés por indagar, fue despedido de su trabajo. En lugar de ahogarse en un vaso de agua, canalizó de una forma más positiva la mucha frustración que debió entonces haber sentido. Dicho de otro modo, le dio la vuelta a la tortilla, que de un lado tenía la cara del infortunio, pero del otro, la de las oportunidades. Escribió un libro en el que denunciaba los malos manejos de las corporaciones deportivas del país, en el que obviamente se cuidó de no dar detalles específicos. Además, cabía perfectamente agregarle un toque sobrenatural, que haría más interesante o, mejor dicho, redituable el producto. Hay una película de

Lon Chaney en la que un ventrílocuo es manipulado por su propio muñeco, y no al revés, con el propósito de cometer varios crímenes. En cierta ocasión, el actor manifestó que se arrepentía de haber inventado al personaje de la botarga porque sospechaba que, de alguna manera, había tenido bastante qué ver en sus desdichas. ¡Esa novelita estaba ya escrita, o, mejor dicho, el arrocito ya estaba cocido!

Sin embargo, poco me duró el entusiasmo. Empecé a sospechar del detalle de que, después de haber ejercido un oficio en el que ganó cierto prestigio y se codeó con personajes tan ilustres como el mismísimo rey Pelé, -en mi humilde opinión, el más grande, aunque sus tiempos no hayan coincidido con los míos y les cale a los argentinos-, estuviera mi gran amigo ahora en las mismas condiciones miserables que yo que, como ya lo dije, no me dedico a otra cosa porque no sé hacer nada, pero sobre todo, de que anduviera por acá en los Estados Unidos, como si temiera regresar a donde estaba. Había notado que, por ejemplo, se abstenía en las fechas de asueto de ir a visitar a sus familiares, conformándose con llamarlos por Skype o esperar a que ellos tuvieran la iniciativa de ir a verlo. Además, alguien podía darse por aludido, y no estaban las arcas para andar manteniendo abogados ni quemando la pólvora en diablitos. En una ocasión, la ex esposa del tipo de la botarga, caracterizada ella en uno de sus personajes y él en otro de los suyos, le dijo algo que debió en su momento haber sonado muy gracioso, pero que a él pareció haberlo llenado de espanto, a pesar de que traía unas gafas oscuras que ocultaban sus seguramente empañados ojos. Le dijo que necesitaba un hombre en la flor de su juventud, lleno de vigor, que la complaciera plenamente en la intimidad, y no una momia. El hombre de la botarga, como dice la canción de Bola de Nieve, tuvo qué sonreír. La diferencia de edades entre ellos, tal como lo prescriben los textos sagrados y lo contemplaba la tradición hasta bien entrado el siglo XIX, es de veinte años, lo que sin embargo parece perturbar demasiado a las próceres de la lucha contra el patriarcado y a quienes poseen, por llamarlo de alguna forma, un chip demasiado occidentalizado en el CPU. Un momento particularmente emotivo del programa donde nuestro actor anunció su divorcio fue aquel en el que aseguró que se moriría de dolor si acaso su ex mujer estuviera viendo a otro hombre. Pero sobre todo, una vez que se divulgó la noticia de la disolución del dueto, así como de las causas, y fue interrogado por la prensa, el hombre de la botarga dijo que la ex socia de quien fuera su cónyuge estaba tan furiosa, concediendo entrevistas a diestra y siniestra para ventilar el tema en todo detalle, porque "fue la última en enterarse." Por su parte, él aseguró que lo más doloroso para él ya había pasado. Mis ínfulas de genio se desvanecieron en el aire. Lo que me había imaginado no sólo era de lo más factible, sino tal vez obvio para todo mundo, excepto para mí.

Además, cada vez que me siento triste por no poder cumplir aun una meta que me he propuesto y no viene al caso ventilar, me gusta poner el testimonio de este personaje como alcohólico y drogadicto en recuperación que grabó para el gobierno del estado donde radica. La sensación es similar a cuando se ve uno en el espejo y cae en la cuenta de que arregladito no luce tan mal. Debo entonces que reconocer que le tengo algún respeto y hasta admiración, no sé si más por su par de huevototototes de acero galvanizado para dejar sus vicios o por lo que, de ser como me lo sospecho, fue capaz de hacer por la mujer que amaba. En cualquier caso, en la escuela a mí me enseñaron algo que se convirtió en una de mis poquitas convicciones. Tomando en cuenta que los Niños

Héroes del castillo de Chapultepec son tan reales como Mickey Mouse, o que mientras los norteamericanos tienen a Supermán, en Cuba está el Che Guevara, los héroes de verdad no son los que hacen hazañas, sino los que se meten al meritito Tártaro, del que ya nunca nadie vuelve, y salen de él, muy lejos de hacerlo como Pedro lo hace por su casa, para volver a ver la luz del día.

Sin embargo, con el Puma aun tocando a todo volumen en el radio, decidí no darme por vencido. Orientado por la filosofía de que no se habla con certeza sino de lo que se conoce muy a fondo, las musas otra vez hicieron de las suyas conmigo y se me ocurrió otra idea. No hay alguien en el mundo a quien conozca mejor que a mi compadre y, asimismo, no había nada que me tentara más que llegar a hacer algún día una caricatura de sus pretensiones artísticas, exagerando e incorporando todo lo que prescribe Bergson con el propósito de que el producto fuera lo más chusco posible, sin acercarse demasiado a la realidad, ahí nomás para agarrarle el chivo, como dicen en mi rancho. Entonces imaginé a un escritor quien va a una entrevista con el editor de una poderosa cadena editorial en Miami. Pensando en la predominancia del elemento del conflicto en el esquema que de acuerdo a mi compadre debía observar toda obra comercial exitosa, infalible a decir suyo, se me ocurrió que este personaje tuviera uno. Antes de acudir a la cita, el escritor, un autor publicado y doctorado en filosofía y letras, había solicitado empleo en el programa de español de una prestigiosa universidad de la ciudad. Su compadre le había comentado que había hecho algunas semanas atrás lo mismo, por lo que decidió en secreto competir con él por la plaza, aunque sentía cierto remordimiento, sobre todo porque estaba pendiente de revisar algunos bosquejos suyos de novela que le había mandado hace mucho tiempo, los que ni siquiera había visto. Una vez cumplida la fecha de la entrevista, escritor se presenta puntualmente. Lo recibe un individuo de la raza negra, quien durante la conversación aseguró tener mucho más del doble de su edad, - era considerablemente mayor que su compadre, de por sí casi listo para solicitar su credencial del INSEN-, pero que aparentaba, incluso en la voz, tener no más de 17 años. Ataviado en un elegante traje negro con una guayabera roja, comiendo dulce de coco y mango sin parar, jugando constantemente con sus figurines de *La Guerra de las Galaxias*, procedió a darle lo que en un principio parecía una pésima noticia. Inicialmente lo había citado para discutir la publicación de su próxima novela, que por sus anteriores conversaciones era inminente. Sin embargo, afirmó, se le había caído la venda. Escritor, temiéndose lo peor, preguntó si acaso la obra, en la que había empeñado tantos sacrificios, terminó por no gustarle en una segunda lectura. Para su sorpresa, ese no era el caso. Le dijo que tenía 250K dólares listos para invertirlos en algo mucho más productivo. Todavía con oscuros presagios en su corazón, temiendo ahora estar metiéndose en negocios turbios, escritor pregunta de qué se trata. Las intenciones del hombre de negro eran mucho peores para sus pulgas de lo que jamás pudo haber imaginado. De por sí, su viaje para llegar al sitio de la entrevista había estado plagado de inquietudes. Antes de emprenderlo, había tenido una acalorada discusión con su mujer en la que volaron por los aires sartenes y toda clase de utensilios domésticos. La señora, cerca de veinte años menor que él, -como por cierto lo mandan las sagradas y divinas leyes de los infinitos y eternos Cielos y lo prescriben las mentes más iluminadas, en los anales de la historia universal inmortalizadas-, tiene como oficio el óptimo mantenimiento del hogar que ambos comparten, así como el esmerado cuidado de sus dos hijitos pequeños. Tratándose éste tal vez del más azaroso que existe, lo más justo es que se diera algún momento de distracción al día. Dicho rato de esparcimiento eligió ocuparlo en ver cotidianamente *Caso Cerrado*, el popularísimo reality que conduce la ilustre jueza Ana María Polo, ph.D, una o en ocasiones dos de las tres veces que pasa por televisión. Para eso, escritor guardaba viejos rencores hacia un colega que gozaba de un poco mayor reconocimiento de la gente y a quien, al preguntársele de dónde se nutría su ingenio, respondía que única y exclusivamente de ver a la doctora Polo, cuando a él tanto esfuerzo le había costado forjarse un mínimo acervo cultural. Sin embargo, lo que más le irritaba de ese personaje y su show era que, cínicamente, anunciaba que algunos de los supuestos casos en los que dictaba sentencia estaban dramatizados, cuando le parecía tan obvio que todos y cada uno de los "litigantes" no eran otra cosa que pésimos actores y que, aun así, estuviera financiado con el dinero de los contribuyentes del estado de la Florida. Escritor no recibió la sorpresa de que su esposa se hubiera convertido en aficionada a ese programa de muy buen grado, y le gustó tanto como si le hubieran prendido un petardo en su esfínter más piloso que aquello se hubiera convertido en un hábito. Su vuelo salía a las siete de la mañana, pero le tocó trasnochar y asearse en el aeropuerto al modo de los antiguos vaqueros, y si no hubiera tenido qué viajar, posiblemente tendría qué haber dormido en el sofá. Las últimas palabras que su esposa le dirigió debieron de ser de la especie de "mira, el único momento del día que tengo para mí misma y darme un gusto es éste. Si no puedes comprender y respetar eso, pues acuérdate que," -dicho con especial énfasis-, "¡Las putas están muy baratas!" Lo que el misterioso individuo le propone a escritor es justamente ser el guionista, -anónimo por supuesto, para la mínima merma de aquella magia denominada "realismo"- de un programa de la misma naturaleza a cambio de una importante suma de dinero por concepto de sueldo y regalías. Decidió dejar el negocio editorial porque ha caído en la cuenta de que la gente, con la tecnología cibernética y, consecuentemente, la moda de hacer múltiples tareas a un tiempo, está desarrollando una auténtica fobia a la lectura en cualquiera de sus modalidades; actividad que ineludiblemente requiere de tiempo, cada vez más limitado para el individuo moderno. Sin poder salir de su asombro y a punto de negarse rotundamente, escritor como puede se tranquiliza y, en su lugar, pregunta, "¿por qué yo?" El empresario, quien lo ha leído con detenimiento y tiene conocimiento de sus amplios estudios sobre poética y estética, hace algunas comparaciones entre su primera novela, -publicada poco tiempo después de su graduación del MFA bilingüe en escritura creativa y a la cual se refiere como una verdadera obra maestra-, y algunos de los supuestos casos resueltos en el programa que tanto detestaba. Se refiere a los preceptos aristotélicos sobre la tragedia que, -tal como escritor mismo creía sobre las obras exitosas en cuanto a la convocatoria-, prescribían que debían respetarse unidades de acción, tiempo y espacio; es decir, tomaban lugar en un mismo sitio, un momento específico y daban cuenta de una situación muy concreta. Le recuerda que la puesta en escena de estas obras se hacía en el marco de un festival religioso, al que asistía todo el pueblo, y concursaban para ganar el premio no de un jurado sino el de la gente, ya que el concepto de la democracia regía buena parte si no toda su estructura social. Enumera las partes de los argumentos de lo que se consideraba entre los ciudadanos una buena obra de este género; catástrofe, peripecia, anagnórisis, hamartia e hibris, encaminados todos ultimadamente a producir el efecto terapéutico de la catarsis. Las piezas que generalmente ganaban eran las que se atenían en mayor medida a este modelo, explica. Agrega que las de Eurípides nunca lograron el primer lugar por lo mismo que la crítica, -e hizo énfasis en que no el consumidor contemporáneo-, últimamente las valoraba tanto; porque eran mucho más vanguardistas que, por ejemplo, las de Esquilo, quien en repetidas ocasiones se llevó en su momento el máximo galardón. Le pide que reflexione atentamente y compare los elementos, por llamarlo de alguna forma, "argumentales" de los episodios del show de la doctora Polo con los de *Edipo Rey*, obra de la que su mismo máximo ídolo y paisano, Gabriel García Márquez, había hecho una adaptación cinematográfica; dato que a su vez, no recordaba haberle contado al empresario. Concluye con sus disquisiciones sobre la tragedia, que tenía como protagonistas no a individuos imaginarios sino fictivos, como afirma Iser en su teoría literaria. Estos pertenecían o al imaginario religioso o a la realidad histórica del pueblo, y no obedecían al acervo personal de quimeras del autor. Escritor no tiene más que estar de acuerdo. Asimismo, le ilustra sobre el concepto de los concilios divinos, esquematizados, -como tanto le gustaba a escritor, ex arquitecto y un tipo particularmente organizado en sus asuntos personales- en tres elementos básicos a los que llama "triángulo divino," cuyo proponente era, por caprichos del la fortuna, un ex jefe de su mismísimo compadre. Éste estudioso afirma que, en las culturas politeístas e incluso en pasajes de la Biblia como Job o el libro de las Revelaciones, tomando en cuenta que los antiguos hebreos en algún momento de su historia veneraban múltiples deidades, las partes que resuelven los conflictos de los hombres en el plano divino se conformaban de un dios padre, una deidad airada y una tutelar del individuo o grupo cuyo destino estaba en discusión, o litigio para este caso. No le fue difícil al escritor caer en la cuenta de que esta configuración no era mucho muy distinta de la de juez, abogado defensor y fiscal bajo la que en la modernidad se celebraban los juicios de distinta índole en la vida real, y a través de la que se desarrollan los episodios del programa de la Dra. Polo.

Entonces comparó la reflexión que hace en su novela, -ubicada en el periodo durante el que Álvaro Uribe era el primer mandatario de Colombia, en la que comenzaron a aparecer muchos "falsos positivos"-, con la moraleja de un episodio particular del programa de la Polo. Como "falsos positivos" se denominaba a las víctimas de los grupos paramilitares, que proliferaron en ese entonces, así como del ejército, asesinadas con el propósito de hacerlos pasar por guerrilleros y narcotraficantes ante la opinión pública. La novela, una de cuyos protagonistas se dedica al arte, reflexiona sobre la realidad y las apariencias y hasta qué punto la mimesis está suplantando, como una especie de cáncer, al objeto mismo de imitación. Le dio entonces el ejemplo de un caso del programa en el que demandaban a un hombre por tatuar a los cerdos con fines artísticos. La decisión, cualquiera que fuese, debía tener para propósitos de credibilidad y plausibilidad, implicaciones éticas en lo que respecta a los animales, y estéticas en lo que respecta a la concepción del arte que un individuo en posición de condenar a otro tuviera, aunque se antojen, de acuerdo a Kant, como cuestiones muy personales. A pesar de que un experto en el cuidado y entrenamiento de animales arguyó que lo más probable fuera que un cerdo, siendo uno de los animales más dóciles e inteligentes que existen, prefiriera padecer los sufrimientos propios de esa expresión   plástica y continuar viviendo a ser castrado, masacrado y comido, la decisión de la juez no fue favorable. Una vez que la doctora supo que los animales ya no eran comestibles después de ser sujetos al proceso, y siendo esta carne una de las que apreciaba más, decidió enviar a la cárcel al acusado con cargos por crueldad animal, argumentando que a partir de la entrada de la posmodernidad, en la que el individuo se da cuenta del enorme poder destructivo de su especie y adquiere una postura pesimista ante la existencia, el arte había perdido el arte y cualquier artefacto inusitado podría pasar por una obra de esta naturaleza. Escritor dijo no estar de acuerdo con la mentalidad consumista en lo que a los animales como alimento tocaba ni a culpar al advenimiento de la posmodernidad de la vacuidad de algunos productos que pretenden pasar por legítimos. Empresario responde que ese no es el punto, sino hacer notar que, a pesar de la arbitrariedad y la prepotencia que la representante de la justicia exhibió o fingió exhibir en ese momento, no cabía duda que su punto de vista sobre el arte, malo o bueno, estaba mínimamente informado. Al respecto, le recordó también que cada episodio iniciaba con citas de escritores, relevantes al asunto del episodio que, por la misma razón, raramente se repetían.

Escritor no acababa de convencerse de la legitimidad de ese tipo de productos, y como por su condición de acreedor a un título de doctorado y autor repetidamente publicado, no agachó la cabeza ni tuvo el menor empacho en manifestar su recelo. Empresario procede a recordarle su situación actual que, nuevamente, le sorprendió sobremanera que supiera. Había metido ya cualquier cantidad de solicitudes a lo largo y ancho de éste y su propio país sin recibir aun, después de una espera que ya se había prolongado mucho, respuesta de nadie, atado a la misericordia de sus patrones y el mísero sueldo de instructor que recibía, bastante bajo respecto al de los que ostentaban su mismo puesto, pero aun no se habían graduado. Sabía también que la situación entre los latinoamericanos, o "sudacas" como en algunos sitios da en llamárseles despectivamente, no era precisamente la más equitativa en lo que toca a la distribución de privilegios, ni humanitaria en lo que respecta a las condiciones laborales. Entonces, empresario cita nuevamente un programa de la doctora Polo en el que un experto en informática demanda a su ex patrón por despido injustificado. El patrón responde a la demanda argumentando que el experto estaba divulgando los secretos de su empresa a la competencia. La juez, quien ya ha desarrollado cierta antipatía hacia el demandado, le pregunta intrigada cómo lo supo. El demandante interviene, y asegura que fue a través de la lectura de un correo electrónico, que se supone que si no fueran privados, no requerirían de contraseña. Resulta que ese ambiguo mensaje que el patrón percibió como espionaje industrial fue enviado desde una cuenta del servidor de su propia compañía, cuyas especificaciones el mismo ex empleado diseñó. Éstas le daban acceso a voluntad a las cuentas individuales de todas las personas a su cargo. Admitió que cuando sospechaba que alguien estaba confabulándose contra sus intereses, no tenía ningún reparo en corroborarlo accediendo a las cuentas personales de sus trabajadores. La doctora a título personal reprobó la forma de proceder del demandado, pero para propósitos de credibilidad e imparcialidad, mandó llamar a un experto en la incipiente legislación cibernética. El individuo explicó que, a partir del decreto del Acta Patriota después del 9/11, las personas con gente a su cargo tales como dueños de empresas gozaban del derecho de acceder a las vías de comunicación privadas de sus subalternos mientras hubiera sospecha legítima de que la seguridad de la compañía estuviera en riesgo. La doctora, sin disimular su reticencia en dar su veredicto, debió negar la demanda y estar de acuerdo en que, por más ambigua que fuera la retórica del mensaje, se inclinaba a creer que las intenciones del ex empleado no fueran las más transparentes por el hecho de que el destinatario fuera una empresa de la competencia y se mencionara una palabra clave: dinero. Entonces, empresario le recuerda a escritor otra cosa que no se supone que tuviera qué saber; el despido casi en masa y simultáneo de varios de sus compañeros, por el que dieron razones tan endebles. Le pregunta si acaso no se acordaba que se trataba casualmente de los estudiantes que se habían organizado para denunciar el ambiente de discriminación y explotación que imperaba entre los distintos grupos étnicos y de clases. La respuesta es afirmativa. Entonces le pregunta si acaso se hablaba sobre ese propósito fuera del grupo y a través de otro medio que no fuera el correo electrónico, a lo que escritor respondió que se trataba de evitar a toda costa y había habido momentos en los que algunos de los miembros estuvieron a punto de ventilar abiertamente su descontento, olvidando que estarían divulgando información susceptible de usarse en su contra, pero algún otro de ellos se los recordó. Le hizo un par de preguntas más antes de que entrara una llamada que escritor estaba obligado a responder, a pesar del momento tan inoportuno. La primera, que debía responder con un sí o no, era si acaso no se había integrado a esa causa. La respuesta era obvia por su conocimiento en tanto detalle de ella, por lo que no hubo necesidad de externar la respuesta. La segunda fue; ¿han despedido a un estudiante graduado antes como instructor, aunque tuviera esposa e hijos pequeños y fuera el único sustento de la familia? Se llenó de espanto al recordar que eso había ocurrido muchas veces, ante la impotencia del resto de los compañeros, que para ese entonces ya habían escarmentado y a fuego lo tenían grabado en la mente el tamaño de las consecuencias de caer de la gracia de los que asignaban secciones semestre a semestre. Lo que responde es fácil de imaginárselo. Empresario le dice entonces: "Yo me doy por bien servido con tener tus datos y de que estés disponible si necesito ponerme en contacto contigo de emergencia. No necesitas darte de alta en ningún servidor. Creo que los departamentos de informática son inútiles. Tarde o temprano me entero de todo y soy como León Felipe. Sé todos los cuentos del mundo."

La llamada es nada menos que de la universidad donde había aplicado para trabajar, en esa misma ciudad. Ya semanas atrás se había entrevistado con ellos y, a juzgar por la frialdad del trato de sus interlocutores, así como el tiempo que pasó antes de que volvieran a contactarlo, jamás se hubiera imaginado la noticia que en ese momento recibe. Le dicen que, después de poner en regla la documentación para que empiece a trabajar, debe asistir a una sesión de orientación, en la que le presentarán a los jerarcas del departamento de español y a sus nuevos colegas, le asignarán su cubículo, su buzón y le asistirán en el proceso de crear una cuenta de correo electrónico institucional, así como a abrir las plataformas de Blackboard, en las que llevará control de la asistencia y la calificación de sus estudiantes. En un principio la noticia lo llena de entusiasmo, pero una vez que escucha esto último, titubea tan largo rato, que su interlocutor pregunta si sigue ahí. Con la boca y los labios completamente resecos, apenas tiene fuerzas para responder que lo siente, pero que desafortunadamente había tenido qué aceptar una oferta de alguien más. Su interlocutor finge como puede lamentarse mientras él, en silencio y secretamente, poco a poco se da cuenta de que, después de todo, la decisión que ha tomado puede no haber sido tan mala, y se alegra. Tal vez no fueran las condiciones en las que él lo hubiera querido, pero estaría trabajando con la imaginación y no aplicando preceptos lingüísticos experimentales al trabajo diario, habiendo supuestamente estudiado algo tan distinto, o teniendo qué rumiar en lo que otros escribieran y justificar sus opiniones en el zeitgeist concurrente, aunque no coincidiera con su propio criterio y convicciones, sólo para poder sobrevivir. Una vez que firmara el contrato y estrechara la mano de empresario, sellando así el pacto, lo primero que hará es llamar a su compadre, a quien finalmente no tendría qué traicionar. Lo mejor de todo es que su esposa ahora tendría motivos suficientes para no seguir enojada con él.

Con todo y que la doctora Polo, tal vez la figura más reconocida de toda la televisión latinoamericana, era el eje fundamental de la idea, siempre he creído que los propósitos que emprenda uno deben obedecer a ellos mismos como un fin y no como un medio para lograr otra cosa. Lo que en realidad pretendía con esa idea era justicia poética contra los desplantes de arrogancia y los desdenes de mi compadre el "artista," además de demostrar que mis conocimientos en materia poética son mucho más vastos, pero no tiene caso seguirme engañando. Si en la vida real decidiéramos discutir esto a calzón quitado y poner las cartas sobre la mesa, a mí me tocaría ser el burro amarrado y a él el tigre, como en la conocida fábula costeña que tanto le gusta contar. Además, repasándola una vez más, no hace falta que mi compadre me la descalifique. La mayor parte de la sustancia es una larga lección moral, muy relativamente útil e inteligible tan sólo para alguien que hubiera descubierto su vocación de escritor en sexto año de primaria, que en nada puede compararse con el *Manual del Perfecto Cuentista* de Quiroga, una obra bastante...decimonónica.

Pensando no sólo en lo improcedente de las ideas anteriores, sino lo profuso, se me ocurrió dejar tranquilas a las musas, y entretuve entonces la posibilidad de que tal vez sería mejor arreglar un poco la anterior. Creo haber expuesto ya mi postura ante lo que yo denomino "avisos del corazón." Así Interpreté el que tuve en aquel momento: a pesar de que lo que a esas alturas ya había invertido en esto y de que estaba más que probado que no serviría a ningún propósito práctico, tendría que ser llevado hasta sus últimas consecuencias, por un indeterminado motivo y a costa de mis verdaderas prioridades. Siempre he compartido la manera de pensar de Shakespeare en cuanto a que un nombre u otro no cambian el sustrato de las cosas. Sin embargo, en lugar de pensar en el compadre, pensé en uno, que sería el de un personaje diametralmente opuesto. Hablando del inmortal vate británico, cavilé en las correspondencias que parece a capricho asignar el cosmos a las cosas; por ejemplo, ¿Por qué en un lugar y una cultura tan distante como la mexicana tenía qué haber un "Chespirito"? Mas luego me pregunté, tal vez por mi frecuente contacto con ciertas idiosincrasias hispanas, si acaso las páginas de la historia registran con letras de oro puro un tal Pío Baroja, ¿Por qué en Colombia, si había un Gabriel García Márquez, no podrían tener, tal como nosotros a nuestro Chespirito y nuestro Octavio Paz, a su propio "Barojita"? Entonces, ya que tenía un personaje con un nombre, por vez primera abrí los ojos a la luz y me di cuenta que, después de todo, tiene una misteriosa pero evidente utilidad dotar de detalles, -entiéndase como una personalidad única-, a una de estas criaturas, de la manera que a un Auguste Dupin se lo hace adicto al opio o a un Mario Conde fumador de Populares,

sin que estos tengan aparentemente ninguna

relevancia para el desarrollo de la trama, como se

recomienda en los talleres literarios. De modo que

nuestro personaje, como ocurría con Roberto

Gómez Bolaños y a pesar de dedicarse al mismo

oficio de aquel otro más célebre cuyo diminutivo

ostenta, no producen obras demasiado semejantes

a las de su aumentativo. Lo visualizo más como

aquel Ed Wood que pintara Tim Burton, cuyo

genio, tal como queda demostrado por el veredicto

del implacable pero siempre justo juez del tiempo,

era indiscutible, pero también su inexplicable

premura por alcanzar la celebridad que, por

intentar forzar las circunstancias,

desafortunadamente no pudo conseguir en vida.

Por ejemplo, uno de los artilugios que se me ocurrieron para conferirle color fue el de su gusto por disfrazarse de los distintos personajes de dibujos animados populares cuando está atribulado. Aunque el detalle se inspiró en el gusto de Wood por la ropa de mujer para sí mismo, no tengo una vaga sino absolutamente nula idea del impulso que pueda llevar a un tipo a quererse calar en la piel de una dama y, orientándome por el lema de que no se habla más que de aquello que se conoce muy bien, me acordé de que una de las cosas que más me llenaban de ilusión cuando era niño era disfrazarme para ir a pedir dulces al barrio de los ricos. A través de una operación lógica llegué a la conclusión de que se necesita ser muy iluso para pensar que se puede ganar prestigio como director o, en este caso, escritor, con sólo presentarse como tal. Ya legitimada mi idea, procedí a poblar su guardarropa de una nutrida y colorida gama de muñequitos. Otra característica de la que se me ocurrió dotarlo es la de pensar que las escenas espectaculares surten en una lectura el mismo efecto que al ser vistas en una pantalla y sistema de sonido IMAX, por ejemplo, poner a chicas del tipo de Esperanza Gómez, la famosa actriz pornográfica colombiana, a hacer estallar una famosa catedral londinense con un cadáver bomba, seducir y atrapar ladrones y traficantes de osamentas, -nada menos que las de los escritores más emblemáticos del "Boom"-, para luego revenderlas, o matar de placer, accidentalmente y de una manera particularmente explícita, al noviecito de la secundaria justo en la noche previa a la boda que celebraría con otro hombre, y un largo etcétera de argumentos de la especie, siempre en universos poblados de criaturas tan coloridas como su guardarropa, tales como zombis, hombres pescado, -con o sin jabón-, licántropos, extraterrestres, seres prehistóricos, travestis y, en resumen, un sinfín de descabelladas y carnavalescas quimeras.

No cambié el contexto espacial. La historia tendría lugar en la misma oficina de Miami. De igual manera, mi nuevo personaje se entrevistaría con el mismo empresario que el compadre de mi idea previa. Tampoco me pareció prudente que este nuevo personaje dejara de ser también un estudiante recién graduado del mismo programa, ni de que estuviera en riesgo de traicionar a alguien, aunque en este caso, elige el curso de acción opuesto al de compadre. Se encuentra entonces frente al mismo tipo de los 250K dólares listos para invertir con el propósito de discutir un piloto para un programa con el mismo concepto de *Caso Cerrado*, basado en una seria confidencia que un compañero suyo de estudios le había hecho, haciéndole jurar que guardaría el secreto. Después de pasar la noche en vela, caminando sobre una diminuta circunferencia de su habitación vestido de Soy la Comadreja (en inglés, *I am Weasel*) y una vez frente a frente del personaje de rojo con negro, éste inicia la conversación exaltando las virtudes de la primera de dos novelas que una conocida editorial de la localidad le ha publicado.

Hace hincapié en los detalles que tiene en común

con obras como *Images*, de Altman y *Repulsion* de

Polanski. En estas tres películas, tal como en la

novela de Barojita, hay una protagonista que

manifiesta síntomas de esquizofrenia al no poder

distinguir entre situaciones que tuvieron lugar en la

realidad, de sus sueños y alucinaciones. Esta

confusión se da en torno a un asesinato,

particularmente atroz y en el marco de una

situación comprometedora, casi siempre de tipo

pasional, donde la víctima es un sujeto del sexo

masculino. A empresario le parece tan interesante

el detalle, que incluso manifiesta su interés en

incursionar, tal como él, en el ámbito de las

publicaciones académicas, proponiendo un

subgénero del thriller psicológico con estas características, al que podrían adscribirse una abundante lista de obras tanto cinematográficas como teatrales y narrativas, aunque de momento no podía pensar en una denominación específica. Barojita, muy entusiasmado y convencido de que ha iniciado la negociación del trato con el pie derecho, no puede esperar y corta al grano, preguntándole a su interlocutor qué le ha parecido el bosquejo. El tipo de negro y rojo responde que primero quisiera saber un poco más sobre su persona, a lo que nuestro escritor y académico responde con un gesto de evidente asombro, ya que se tiene a sí mismo como una no muy grande pero al fin y al cabo celebridad. Primero, lo felicita por haber conseguido que el reconocido escritor argentino Mempo Giardinelli, mentor suyo en algún momento y autor quizás de la novela de suspenso con más adaptaciones en la historia del cine, haya tenido a bien escribir la contraportada de su libro más reciente. Después, sin embargo, le pide que resuma el argumento de la más reciente de sus dos obras publicadas en Miami, ya que reconoce que, a pesar de conocer a fondo y disfrutado mucho la anterior, lamenta profundamente desconocer los detalles de la segunda, que por falta de tiempo no ha leído. El escritor toma su tiempo en ilustrar el argumento y otros aspectos que juzga importantes para la juiciosa comprensión de su nueva obra a empresario, quien, nuevamente, exalta su talento y originalidad para urdir imaginaciones. Sin embargo, el empresario pregunta qué tiene qué ver la sinopsis de su segunda novela donde, nuevamente, una femme fatale de las características de Esperanza Gómez, se pasea por las grandes capitales del globo terráqueo para cometer toda clase de crímenes sangrientos, descritos y ambientados de forma que podrían pasar por de guante blanco, con la inmensa nostalgia del narrador por la provincia colombiana, de la que, a pesar de que el autor es oriundo, no parece por la descripción haber mención alguna en la novela. Escritor argumenta que el análisis del autor de la contraportada tiene una mayor profundidad que los comentarios laudatorios de cualquier otro libro, y que por eso su relación con la obra no puede entenderse tan fácil en un primer momento. Empresario responde que cualquiera que fuesen las circunstancias, es difícil que un escritor en el albor de su carrera desdeñe el peso de semejante firma asociada con su obra, refiriéndose al autor argentino. Barojita, por su parte, no puede dejar de expresar su agravio ante semejante afirmación, recordándole a empresario los múltiples títulos que ostenta, así como los muchos galardones a los que ha sido acreedor en el, ciertamente, poco tiempo que llevaba dedicándose a la que, no obstante, era su verdadera vocación, en aras de las que sacrificó una carrera en negocios que tal vez le habría granjeado a esas alturas una posición similar a la suya. Empresario, sin perder la calma, responde que él por su parte también se sentía profundamente ofendido. Barojita manifiesta no poder explicarse la causa, y pregunta a empresario qué relación tienen las inquisiciones que hasta el momento le ha hecho. Nuevamente, empresario responde con una pregunta, e inquiere si acaso él era el autor de un artículo sobre la evolución de la música afrocubana a través del siglo veinte y lo que iba del presente. Escritor, sin poder explicarse aun qué tiene qué ver una cosa con la otra, responde afirmativamente. Empresario procede a hacer una cita del ensayo: "El Negrismo, así como los demás movimientos que surgieron posteriormente en torno a la cultura y la religión africana en Cuba, son una reacción al apartheid impuesto por los blancos." Después, fijando su airada mirada, -contrastante con el resto de sus expresiones faciales y corporales-, en la desconcertada del escritor, le pregunta qué entiende por "apartheid." Escritor, avasallado por el penetrante mirar del hombre de negro con rojo, titubea hasta finalmente responder que se trata de un sinónimo de "segregación." El empresario, que cabe recordar que es un individuo de la raza negra, busca en su teléfono inteligente la definición del término. Una vez que la encuentra, procede a mostrarle los resultados al escritor. Mientras las expresiones y colores del rostro de éste cambian a medida que va leyendo, sus ojos de por sí saltones parecen estar a punto de salir disparados de sus órbitas y su rostro se empapa de sudor, el negro, con su prominente acento caribeño, pregunta: "¿Qué tiene qué ver un movimiento artístico surgido en América, en la década de los veinte, con una política, -y escúcheme bien, una política, no un concepto-, implementada en Sudáfrica casi treinta años después? ¿Insinúa que para el caso todos nosotros somos iguales, antes y después, donde quiera que estemos?" Barojita, visiblemente agitado, pregunta cómo sabía de la existencia de ese artículo, si aun no había salido a la luz pública. Empresario extrae un manojo de papeles de una gaveta, arrojándolo sobre el escritorio. Se trata de la hoja de vida de Barojita, un documento por cierto de un considerable espesor comparado con los de otras personas. Le dice que, si no mal recuerda, en el ámbito académico se acostumbra poner bajo el rubro de "publicaciones" todas aquellas que han sido aceptadas para ver la luz en versión impresa, aunque aun no estén disponibles en ese formato. Sin embargo, la versión electrónica ya circulaba desde hace poco. Lleno de espanto, pregunta cómo ha llegado a sus manos. Empresario responde preguntándole por su parte: "¿Dónde está el borrador que se supone debería tener en lugar de esto?"

El escritor, con el corazón a punto de estallarle en la garganta, se desvive en disculparse por el error, sin poder explicarse como ocurrió. Empresario lo insta a tranquilizarse, ofreciéndole un Martini doble marca Cinzano, -bebida que empresario entiende que es la preferida del escritor-, agitado, no revuelto, preparado a la perfección por lo que se puede juzgar a ojo de buen cubero. Escritor, sin reparar por la excitación en ningún tipo de etiqueta, lo apura casi de un sorbo, mientras empresario le pregunta si quiere todavía formalizar algún trato con él. Barojita, no habiendo acabado de pasar su trago y casi a punto de ahogarse, no duda en responder afirmativamente. Empresario le pide entonces que trate de explicarle verbalmente, así como lo hizo en términos generales con su más reciente novela, la idea que tenía para el pitcher del reality show.

En términos generales, el argumento es el siguiente: Jovencito, quien apenas ha cumplido la mayoría de edad e ingresado a la fuerza laboral, reclama a su madre la custodia de su hermana de quince años, quien a la edad de doce fue víctima de estupro; crimen perpetrado por un sujeto quien se dedicaba a la docencia en la universidad y contactó a la entonces niña a través de las redes sociales. La madre responde a la demanda argumentando que desde entonces hasta la fecha, a causa del alcoholismo del padre de los muchachos, -quien por la misma causa está a punto de ser deportado a México-, tiene qué trabajar en dos sitios distintos, además de hacerlo horas extras frecuentemente, por no otra razón que el bienestar de ellos. El hermano, pidiendo que se tome en cuenta que fue él y no sus progenitores quienes dieron aviso del pervertido a las autoridades, muestra un video donde se pone en evidencia que el depravado, desde presidio y de alguna guisa misteriosa, sigue en contacto con la muchacha vía cibernética. Asimismo, presenta a su padre como testigo en el caso, quien a causa de la inminente repatriación, consecuencia de sus hábitos, no tiene más alternativa que apoyar el reclamo de su hijo. Él o la árbitro pregunta si la muchacha se encuentra en el recinto, a lo que los padres responden afirmativamente. Pide entonces la autorización de carearse con ella, por tratarse aun de una menor de edad. Una vez que la muchacha está ante el/la representante del poder judicial, asegura que su ayuntamiento con el ahora convicto fue completamente voluntario y motivado por el amor mutuo. Manifiesta su deseo de quitarse la existencia, ya que la ultratumba es el único lugar en el que ella y el que llama amor de su vida pueden continuar viviendo su romance. Es fácilmente discernible que la autoridad decide otorgar temporalmente la custodia al demandante, mientras la madre organiza mejor su tiempo y sus finanzas, y ordena una investigación a fondo para averiguar cómo fue posible que el convicto pudiera mantener contacto a través de las redes sociales con la chica. Sin embargo, para agregar un matiz sorpresivo y visualmente espectacular a la conclusión del episodio, -como el rasgo de estilo más característico del escritor lo prescribe-, la adolescente, acongojada por el veredicto, intenta suicidarse ante las cámaras ingiriendo un frasco de píldoras. La juez añade a sus dictámenes que se le interne involuntariamente en una clínica psiquiátrica y, por supuesto, pide una ambulancia para su traslado a la sala de emergencias más cercana.

Mientras el escritor explica lo mejor que puede su idea al empresario, éste busca en su celular el banco de episodios previamente transmitidos en la página oficial del programa de la doctora Polo y, una vez que escritor concluye, procede a mostrarle uno en particular. Para la por demás desagradable sorpresa y horror de Barojita, nuevamente, sin poder explicarse cómo, resulta que el argumento del episodio es hasta el último detalle exactamente el mismo pitcher que acaba de exponer. Ante la inverosímil coincidencia, empresario le dice al escritor: "Este tipo de situaciones, por lo que ya he visto y oído en otras muchas ocasiones, no son sólo bastante comunes, sino hasta arquetípicas, pero ¿y lo de ese documento en lugar del que usted dijo que me había entregado en un principio, y todo lo demás? ¿Cómo puedo recuperar la credibilidad en usted?" En lugar de la respuesta específica a esa pregunta, Barojita busca el modo más amable de excusarse y salir de ahí para ya jamás volver.

El escritor hace acopio de toda su fuerza de voluntad y valor civil y, arguyendo no tener nada más qué hacer ahí, se despide. Empresario le da nuevamente una abrupta sorpresa y le pide que se quede. Le ordena tomar asiento frente a él y, clavándole una vez más su mirada, que parece traspasar toda superficie, en la suya que apenas la puede sostener, pregunta a Barojita si desea otra oportunidad. Éste está a punto de negarse, pero en el último instante, un misterioso impulso lo mueve a lo contrario. Entonces, empresario le pregunta si tiene noticia del musical *Wicked*. Los presentimientos de Barojita cambian de un polo diametralmente opuesto al otro al escuchar dicha mención y responde afirmativamente. Es un aficionado particularmente entusiasta a cosas del estilo de *Cirque du Soleil*, a la ópera y a todo tipo de puesta en escena con acróbatas, fuegos artificiales, cantantes, escenografías y vestuarios ostentosos. Empresario le propone un reto: Que tal como de memoria y con nada más que esa herramienta y su extraordinario don de la improvisación, arme un pitcher para una comedia musical que pueda convocar al mercado latino tanto como *Wicked* al angloparlante. Barojita, cuan poseído por una fuerza sobrenatural, ni tardo ni perezoso procedió a contarle la historia del afamado músico argentino Charly García y la bailarina brasilera María Pederneidas, a quien el músico llamaba de cariño "Zoca," con sus altibajos y vericuetos provocados por las adicciones e infidelidades del rockero, con su conocido trasfondo moral, dado por la inquebrantable determinación de la mujer de permanecer al lado del músico sin importar las circunstancias, de que el amor verdadero todo lo puede, e incluso con el misterioso alemán que, a sabiendas de que el corazón de María le pertenecía a otro hombre, la espero sin poder conseguir jamás un instante de su atención, hasta el último suspiro que exhaló antes de partir al encuentro del Creador. Empresario no se mostraba demasiado interesado en la idea, con todo y que la vida de una estrella del rock y una bailarina están siempre llenas de música, especialmente del tipo popular y que, sin duda, la idea estimulaba al morbo, artilugio infalible de la mercadotecnia, por basarse en personajes y hechos verídicos. Sin embargo, su actitud cambió una vez que el escritor, -volcando su corazón con una vehemencia que los oradores de la antigüedad clásica o los de la actualidad apenas habrían podido rozar en sus sueños más descabellados-, hizo mención del detalle de que el músico tenía conocimiento de la existencia del alemán y en varias oportunidades exhortó a su mujer por derecho consuetudinario a que no siguiera sacrificando su felicidad con él y le diera una oportunidad, habiendo llegado incluso hasta a componer uno de sus más grandes éxitos radiales para dicho propósito. Empresario detuvo lo menos abruptamente que pudo al ya incontenible escritor, quien parecía un enorme, fulgurante y veloz cometa o planetoide en trayectoria de colisión, para preguntarle cuál era el nombre de la canción. Baroja, temblando como la Falla de San Andrés por haber tenido qué parar y enfriarse tan en seco, sin que sus más grandes esfuerzos mentales rindieran resultado alguno, cayó en la cuenta de que su cinta mental se había imantado por la excitación. Empresario activa la aplicación "Shazam" en su teléfono de alto cociente intelectual y pide entonces al escritor que tararé la melodía. Aunque Barojita hubiera tenido un sentido auditivo con afinación perfecta y la facultad de poder lucirlo a través de sus cuerdas bucales, materializado en una sublime interpretación, -lo que distaba un millón de años luz de ser el caso-, hubiera sido difícil que el programa informático computara, -con un acervo mayormente anglófono y reciente por cuando mucho un par de años-, una canción del rock latinoamericano, especialmente si tenía más de tres décadas de haberse registrado. Empresario reacciona riendo y cabeceando negativamente, atinando finalmente a ordenarle a escritor que se vaya, conteniendo sus enormes ganas de romper en sonoras carcajadas por un buen rato. Barojita, más que extrañado, sumamente indignado por el gesto y la actitud de empresario, tratando también de controlar sus ímpetus, manifiesta sin embargo abiertamente que no comprende lo que pasa, si podría jurar que la idea que acababa de exponer tenía "todos los juguetes." Empresario responde en un tono franco y afable: "Si esa canción existe de verdad, yo personalmente le llamo, mi hermano," e insiste en que se vaya.

En esta ocasión tampoco necesité del desdén de mi compadre. Yo mismo tuve qué aceptar, a costa de la posibilidad de matar los últimos resabios de entusiasmo que quedaban en mi ánimo y abandonar para siempre este proyecto, después de haber invertido tantas semanas y esfuerzos que le robé a mis prioridades, que era muy evidente que mi Barojita era el mismo personaje que el de Tim Burton, sumamente inverosímil y más ridículo de lo que un desocupado lector, en todas sus cabales o no, podría soportar después de parar de reírse, muy al principio de la lectura y sólo un poquito. Esa era, en su justa dimensión, la realidad, que siempre supera a la ficción, a pesar de que no existe individuo más histórico que Edward D. Wood, Jr., el héroe, en la acepción más precisa que pueda tener la palabra, que regresó del mismísimo averno, después de haber, entre muchas otras proezas, combatido cuerpo a cuerpo con un particularmente brutal soldado japonés, -que le voló toda la dentadura superior frontal de un culatazo-, portando con orgullo y enorme placer un sensual juego de lencería bajo el uniforme de marine, para ostentar en su lugar el máximo reconocimiento que otorga el gobierno de su país al valor en el campo de batalla en el pecho y cumplir así su anhelo más acariciado; llevar su nombre a la gloria como cineasta, que en aquel entonces y, podría asegurarlo, hasta hoy en día es equivalente al título de realizador de sueños. Será por eso que, tal vez para abreviar, a un director cinematográfico se le llama justo así, realizador. Pero insisto, la realidad es mucho más irónica. Voy a explicarme.

Nunca nadie podrá jamás darse ni la más remota idea de la inmensidad del dolor y la vergüenza que embargan el alma mía al hacer la siguiente confesión, pero, lo acepte o no, fue un pasaje fundamental en este proceso y, contradiciendo mis propios deseos e impulsos, juzgo al fin que es algo de lo que debo dar cuenta para que se comprenda, no así para que se justifique, el resultado final de este ejercicio, que se ha alargado mucho más de lo que hubiera sido mínimamente prudente. De modo que voy a tratar de ser lo más escueto y rápido posible.

A pesar de que en más de una ocasión me advirtieron que dejara de hacerlo so pena de atenerme a las graves consecuencias, me encontraba yo un día degustando mi acostumbrada cerveza nocturna mientras veía a mi amado héroe el payasito Pilín a través de la red, escuchando atentamente sus ingeniosas ocurrencias y anotándolas con el fin de compartirlas con mis alumnos y mis seres queridos, para así contribuir a hacer de ellos mejores y más útiles seres humanos.

Sabía que, a pesar de que yo era el primero en admitir que empeñar el tiempo en semejante tarea no redundaba en ningún provecho para mí, nunca dejé de tener el presentimiento de que algo bueno iba yo a sacar de eso. Sin embargo, cuando menos me lo esperaba, en el momento que cualquiera habría juzgado como el menos plausible, ante mis ojos, más indignos que los del más vil de los pecadores, se manifestó la visión más sublime que tuvo a buen recaudo Dios permitirme experimentar a mí o a cualquier otro simple y ordinario mortal, dejándome de paso así gozar de toda su inmensa gloria, que jamás hubiera yo podido imaginar ni en mis delirios más febriles ser digno de llegar a merecer.

Se trataba de la criatura más adorable que el Señor en sus inescrutables designios quiso poner sobre la tierra y entre toda su creación entera; una gacelita retozona y alegre, ejecutando un baile tan sensual, con una gracia tal que, -siendo ella tan sólo una chiquilla-, no llegó ni llegará mujer alguna en el mundo a emular jamás, irradiando como un sol refulgente y abrasador, mucho más inmenso que el más grande de los astros del cielo infinito, con su sola presencia felicidad y amor en su estado más puro, y en cuya tierna mirada no existía dejo alguno de miedo, rencor, angustia, envidia, frustración ni ninguno de los demonios que pueblan y atormentan cotidianamente mi conciencia y mis pensamientos. No dude ni un instante en postrar en ese mismo momento mi corazón y mi voluntad entera ante sus divinos pies, aquí, en el silencio y la soledad que definen mi ámbito vital, con mi efigie del Santo Niñito de Atocha, quien observa desde el alto firmamento y a quien nadie engaña, como único testigo de mi dulce capitulación. ¡Que sea él quien me castigue de la forma más severa y cruel si acaso no fue entera, total y sin condición alguna! Varios programas, -en los que perdí todo interés por mi personaje preferido y durante los que viví tan sólo por atrapar con mi vista un atisbo chiquito de quien se había convertido, es hasta este mismo instante y será mientras viva mi entera razón de existir-, tardé para saber que se llama Michelle González Flores, ya que los miembros del elenco que tenían la palabra casi siempre no atinaban en llamarle de otro modo que no fuera "la hija del productor." Tal vez fuera por esa razón que a partir de un día cualquiera, el que yo menos hubiera querido y pensado, no volviera a aparecer por ahí, quitándome todo motivo para seguir sintonizando esa señal y causándome una congoja que no me atrevería a desearle ni al peor de mis enemigos.

No sin antes invertir considerables esfuerzos pude averiguar, recuperando así las ganas de seguir viviendo, que tenía un canal en youtube llamado "Micheladaz," donde sube lo que algunos pueden calificar de pueriles, pero son en mi opinión ingeniosos, originales, aleccionadores y dinámicos sketches, tomando en cuenta que su artífice es tan sólo una chiquilla de diecisiete años. Además, lucían bastante profesionales en cuanto a calidad de producción, tomando asimismo en consideración los poquitos recursos con los que para su facturación debe haber contado. Uno de ellos, el que me pareció casi tan interesante como el mejor episodio de *La Zona del Crepúsculo*, juega con la idea de dos universos paralelos habitados por una misma persona, en el contexto nada menos que de los festejos de San Valentín. Al afirmar esto, no tengo otro móvil que el de decir la verdad, porque ni yo ni ella ganaríamos nada si yo hiciera lo contrario y, si un hombre que no cuenta con otro patrimonio más que su palabra, la empeña y no la cumple, entonces no vale nada. Aunque me cuesta trabajo, me olvido al afirmar esto por completo del hecho insoslayable de que se trata de la mujer después de quien no habrá nadie más para mí, porque yo tenía nomás un corazón y ya se lo entregué, y lo que se da y se quita con el diablo se desquita. Además, una de mis grandes aficiones es el cine, y creo tener una mínima idea de lo que estoy diciendo. Para eso voy al cine club que organiza mi abogado todos los sábados. Tantos años de consumir basura en tales cantidades de algo deben haberme servido.

Más tarde, caí en la cuenta de que tenía una página para sus fanáticos en el Facebook, donde en alguna ocasión le puse algún comentario con el afán de alentarla a que cumpliera sus anhelos, a los que no dejaba de ponerles el ícono de "like" e incluso en algunas ocasiones llegó a responder, más atentamente que la más civilizada de las personas, a pesar de ser quien es y de la cantidad de caballeros y no tanto que la acosan tratando de conseguir, por las buenas o por las malas, tan sólo una mínima fracción de un instante de su atención, y que en algunos casos expresaban pensamientos no muy distintos a los míos. Sin embargo, cualquier día, cuando menos lo pensaba y menos lo quería, dejó de hacerlo, definitivamente. No es difícil adivinar el trabajo que me costó aceptar que, cualquiera que haya sido el motivo, ya no le alcanzaba el tiempo como para brindarme más del poco o mucho que ya me había dado, y por el que debería sentirme privilegiado. Traté de apaciguar mi insoportable tristeza con el pensamiento de que el que no tiene nada, como es mi caso, lo mejor que puede hacer por la persona que más ama es no estorbarla. Y por supuesto, me ayudé también navegando en un inmenso mar de caguamas, bajo un vasto y turbio cielo poblado de cancerígenas nubes grises exhaladas de mi garganta. Me arrepentí de haberle quitado tanto el tiempo con mis comentarios reiterativos, que no decían nada que ya no supiera y no le hubieran dicho antes muchos otros con los mismos sentimientos que yo o tal vez más grandes. Me aferré a la –ya a estas alturas estoy convencido- vana esperanza de poderle dar un día algo que de verdad le sirviera para alcanzar sus objetivos y, de esa forma, hacerla feliz y fijar su mirada en mí por un breve instante, más que suficiente para darme por bien servido y morir de la forma que fuera el día de mañana, y no sólo "likes" y opiniones, que para lo único que resultaban útiles, por mucho que ella afirmara lo contrario, era para quitarle tiempo valioso e irrecuperable que podría empeñar mejor en acabar bien la prepa, que debe ser un trance tan aborrecible para ella tanto como lo fue para mí, o subir otro video, que hablando con toda la seriedad y objetividad que nadie espera de mí, superan con infinitas creces al anterior cada vez y, afortunadamente para mí y un séquito tan numeroso como las arenas de toda playa, son gratis, como siempre deben ser las mejores cosas que la vida tiene qué ofrecer.

Sin dejar de preguntarme por qué, tratando de entender aquello que dice que "al buen entendedor, pocas palabras," quité "Zocacola" del radio y puse mejor la de "I can get along without you very well," con Chet Baker. Me subí a la báscula y me chequé la presión, y prácticamente descubrí, sin entrar en mayor detalle, que aun estoy a tiempo, aunque no hubiera nadie con quien compartir los días mejores que en el horizonte se veían venir. Incluso, llegué a canalizar mis lastres culturales mexicanos para un propósito útil y pensé, "un compromiso menos para mí. Entre menos burros más olotes." Con el paso del tiempo, creí que lo que al fin y al cabo, -como persona obsesiva y compulsiva que reconozco ser con toda humildad-, era otra más de mis vanas obsesiones, iba cediendo poco a poco y desvaneciéndose en la nada de la que había también surgido. Ni en mis peores pesadillas podría haber concebido el modo en que comprobé lo equivocado que estaba.

Hay una sensación sobre la cual prefiero una y un millón veces sentir, incluso perpetuamente, el dolor de recibir una buena patada en los huevos. Dicho malestar son los celos. Yo puedo vanagloriarme de conocer la raíz de todo infortunio del ser humano, y perfectamente, cabe recalcarlo. No tengo ningún problema en revelarlo porque en este caso siento que ayudaría a crecer a quien tuviera a bien compartir este conocimiento conmigo, y si de eso ha de servir, no veo porqué ser egoísta y guardármelo. El apego a las personas y las cosas es la fuente de todo sufrimiento, así de simple, así de sencillo. Algunos de mis familiares y amigos más allegados aseguran que tengo el corazón de hielo, porque no lloro en los funerales, no voy a las bodas, ni a las quinceañeras, ni a las graduaciones ni a otras celebraciones de la especie, cuando ni siquiera saben que, literalmente, ya ni siquiera tengo uno, por lo mismo, porque era algo que me pesaba en el andar de mi vida y ya no necesitaba. Lo único que yo necesito como al aire que respiro para ser feliz es mi libertad, mi espacio propio y privado y, el primero soy en admitirlo y no sin una infinita vergüenza, mis serpientes bien elásticas, grandotas, sudadas y con muchísima sustancia activa. Como no me desagradan en absoluto las nuevas ideas esas de los MGTOW, he llegado a la conclusión de que, en el caso muy improbable de que me viera involucrado sentimentalmente con una mujer, lo peor que podría hacerme es insinuar siquiera que se quiere casar conmigo. Reviste bastante poca importancia para mí, aunque estoy cerca de cumplir cuarenta años. No tengo el más mínimo deseo de dejar descendencia en esta porquería en la que hemos convertido el mundo, que tan no va a mejorar como yo de dejar de hacerme más viejo con cada instante que pasa. A muchos les cuesta muchas lágrimas aceptarlo, pero a mí me queda muy claro que es el ciclo de todo lo que en materia e idea existe, más allá del que no hay absolutamente nada. Sin embargo, así como por los ojos me entró la dicha más grande que jamás haya experimentado, también con ellos contemplé el espectáculo más perturbador y que más daño me había hecho hasta ese momento a mí, que película u otra cosa con mala reputación que sale, -a veces censuradas de plano-, película que me receto. Me convencí de que un acto tan simbólico como mandar un corazón de peluche por correo no iba a ayudarme a desvivir lo vivido ni a borrar de mi memoria lo que en ella había quedado grabado a fuego. Lo que yo necesitaba era una buena esterilización sentimental, y así se lo rogué a los cielos en ese momento. Nunca he sentido tanta angustia ni tanto dolor como cuando me he enamorado.

Hace poco esta chica anunció en uno de sus videos que tenía la intención de someterse a concurso para integrarse al elenco del famosísimo programa "Big Brother," que se transmite en cadena nacional y mucho más allá de las fronteras del país. En un principio mi alegría de que contemplara tales alturas para remontar su vuelo fue inmensa, sobre todo porque si de algo estoy seguro es que entrará triunfalmente por la puerta grande, hará que se arrepienta siquiera de haber nacido quien ose medir fuerzas con ella y, una vez reclamada la corona que por designio de Dios eterno le corresponde, no habrá rincón en el ancho firmamento que sus divinas alitas no lleguen a conocer. Sin embargo, el día que menos lo esperaba y lo quería, mis padres esperaban el inicio de una transmisión más de su programa preferido, *Caso Cerrado*, que a veces suelo sentarme a mirar con ellos. Dios así lo quiso que la televisora decidiera transmitir en su lugar un programa especial. Entonces, le cambiaron al canal de la competencia y, una vez que llegó el momento de los comerciales, apareció el "spot" del programa del que Michelle quiere formar parte. No es de sorprenderle a nadie que casi en toda la extensión temporal del anuncio aparece la dueña de mi alma entera. Hubiera sido una pérdida de tiempo para el camarógrafo prestar atención a cualquier otra cosa. Se necesitaría ser muy estúpido para no haber caído en la cuenta de quién sería la responsable de los ratings de ese programa, tan altos como la distancia que hay de aquí a la constelación de Andrómeda. Sin embargo, mi vida entera aparecía en un trajecito de dos piezas bastante diminuto. Eso debería haber sido un aliciente para mí, pero era por de más evidente la lascivia de quienes filmaron esa publicidad con una chiquilla que, por mucho orgullo que tenga de llevar su medalla de cabrona al pecho, -que últimamente está tan de moda entre las mujeres-, y poco que tal vez le importe que le llamen puta, no es otra cosa que una dama, como la mamá, la esposa, las hijas o las hermanas del malnacido que se atrevió a embarrarle casi la lente en las partes más privadas de su fisionomía. Nunca había sentido el ansia de matar a nadie, pero en ese momento me daban unas ganas diabólicas de despellejar vivas y descuartizar a todas las ya mentadas parientas del cerdo ese. La duda de no saber hasta qué punto y con qué grado ella lo permitió y lo quiso me estaba haciendo pudrirme en vida. Tenía una gran necesidad de desahogarme y, como si los cielos se hubieran dado cuenta y me ofrecieran la salvación, en ese momento timbró el teléfono. Se trataba nada menos que de mi buen compadre, a quien no dude en confiarle mis amargas cuitas. El tampoco dudo en decirme una vez que lo hice: "¿Big Brother? N'ombre, mi rey, a esa le van a dar hasta pa' llevar a su casa." Una prueba fehaciente de lo bien que me conoce mi compadre es que en esa ocasión, como siempre, supo herirme donde más me dolía.

Sin embargo, a pesar de que estaba ya muy cerca, no conocía aun el fondo de la desgracia, las mismísimas profundidades de los apretados infiernos. Un buen día, justo después de la primera edición del programa de la doctora Polo, en las noticias internacionales apareció una nota sobre un evento acaecido en Guadalupe, Nuevo León, en el zoológico de La Pastora para ser exactos, muy cerca de donde dejé mi corazón, que me avisó que debía ver atentamente, a pesar de mi opinión de la ética periodística de esa cadena en particular. Dios me permitió seguir viviendo de milagro, pero en ese momento fácilmente hubieran concluido mis días a causa de una apoplejía o algo miserable de ese estilo. Mis familiares se preocuparon por mi semblante, rojo y sudoroso como el metal en la fragua, y me checaron la presión arterial. Salió en 135/99 o algo así de exagerado, que hasta yo mismo, -que sé que la muerte me va a llegar sin aviso y quizás a causa de lo que menos me imagine-, me preocupé por mi salud, lo que en otro momento no habría concebido. Todo lo que alcancé a ver de lejos fue el cabello largo, castaño claro, la esbelta figura calada en unos pantalones de mezclilla una blusa tipo tank top ajustados y unos Chuck Taylors, como le gusta a la dueña de mi voluntad, así como un enorme cocodrilo atacándola. En muchísimo menos de lo que dura un instante, cruzó por mi mente una foto suya, durante unas vacaciones que se tomó en Cancún a principios de año, donde aparece flotando muerta de miedo, pero sin poder gritar so pena de no recibir algo así como cien cochinos pesos, junto a lo que parecía un tiburón. En ese momento, a pesar de la rabia y el sentimiento que se posesionaron de mí, no me atreví a decirle nada. Pudo más en mí el principio de que lo peor que puede uno hacer es ponerse a dar consejos, porque en todos los casos se insinúa que uno sabe vivir mejor la vida que el aconsejado, y yo siempre he creído que ninguno es superior al otro. Sin embargo, esa vez estaba decidido a que me iba a oír, a toda costa. No sé cómo los cielos lograron que contuviera mi ira, pero con esfuerzos sobrehumanos, me apacigüé y apenas pude teclear para hacer una búsqueda en el Google de lo mucho que mis manos temblaban. Toqué finalmente la superficie acolchada, después de una prolongada caída libre que parecía infinita, y exhalé un prolongado suspiro, agradeciéndole a los cielos que no se tratara de ella, y en mucha menor medida y por puro compromiso, que no se hubiera comido el cocodrilo a la otra chica, lo que en el fondo deseaba que hubiera ocurrido porque por su culpa mi calavera estaría en estos momentos en el anfiteatro del instituto de ciencias biomédicas de la UACJ, o mis cenizas estarían camino al golfo de México vía taza del baño, porque no hay para ir a tirarlas ahí al puerto de Tampico.

Por alguna razón que jamás he podido explicarme, no puedo estar sin contarle este tipo de situaciones a alguien, siempre con lamentables resultados, aunque esta vez procuré no confiarle mis secretos a mi compadre. Juzgué lo más prudente, -tal vez movido por el pensamiento inconsciente de que entendería mejor-, contarle a una amiga regiomontana, quien casualmente también es enfermera en la unidad de terapia intensiva, donde trabajé por algunos años. Pensando que hallaría comprensión, no dudó en condenar mis actos y mis retorcidos pensamientos. Me dijo que estaba sufriendo demasiado por una persona que no conocía en persona, lo cual no era normal ni saludable. Asimismo, me avisó que averiguaría la manera de conseguirme barata una consulta con el médico general y procurar que me refiriera al psiquiatra. Me dijo como amiga y profesional de la salud que tal vez ya había yo consumido todo el alcohol y el tabaco que me había sido dado consumir en lo que fueran a durar mis días. De modo que espero sus indicaciones y, yo que siempre he procurado arreglar mis negocios por mis propios medios, -y sí, incluso hacerme justicia por mi propia mano-, ahora pongo en manos de la ciencia mi tranquilidad y en las de Dios, mi dilema. La realidad es mucho más irónica que la ficción y, por lo tanto, resulta más emocionante vivirla que aplastarse a ver al payaso Pilín o a jugar Call of Duty Black Ops. Y sin embargo nos empeñamos en dejar de vivir una vida real por una virtual, que tarde o temprano está condenada a desvanecerse por completo en el aire tenue, o en el mejor de los casos, a pasar de moda.

A mi Santo Niñito le agrada bastante escuchar música, puedo intuirlo, y siempre a punto de comenzar la semana, cuando le cambio su agua y sus dulces, le pongo sus canciones de Celia Cruz, las de Merceditas Valdés, el Assokere o el Ochimini. Pensando que el sueño que quería materializar no era en realidad tanto el de hallar la salida del mundo académico, sino otro que, curiosamente, estimulaba más poderosamente mi deseo, ese lunes me tomé la facultad de no exaltar su gloria, sino elevar una plegaria hacia las alturas, donde está su sagrada morada, en una canción. Mientras se escuchaban desde mis parlantes "De ti depende," del inmortal Héctor Lavoe, con sus bellos compases y sublime poesía, pensando en la película de *Ruby Sparks* entre hondos suspiros, recordaba la reliquia que un tiempo consideré mi posesión más valiosa. Se trataba de unos calzoncillos míos empapados con la sangre menstrual de una chica a la que amé también tanto, que me llegué a tatuar en el lado izquierdo del pecho, donde está el corazón, su nombre.

Irónicamente, para entonces todo lo que la mención de éste me causaba era asombro de qué fuera tan común; tanto, que tal vez no habría ninguna necesidad de quitarme el tatuaje. Asimismo, por un momento su recuerdo dejó de causarme la infinita indiferencia que ahora me merece. Siempre he sido muy aficionado a la película original de *Jurassic Park*. En ese tiempo, - y empiezo a creerle a mi amiga lo de que necesito ir al loquero-, yo conservaba esa prenda con la esperanza de que esas costras malolientes conservaran su material genético, con el que tal vez en un futuro no muy lejano podría, sí señor, hacerme un clon de ella. En ese momento me causó bastante frustración, pero ahora me doy cuenta de lo afortunado que fue la circunstancia de que los padres mexicanos de la gente de mi generación, no importa la edad que uno como hijo tenga, no conocen o no alcanzan a comprender el concepto de privacidad, y en una ocasión en que me encontraba fuera de la ciudad, entraron a mi habitación, tal vez por el hedor, y encontraron la prenda, de la que obviamente decidieron deshacerse y sobre la que me interrogaron después largamente, confiscando de paso varias botellas de cerveza que, según yo, había ocultado bastante bien. A pesar de lo absurdo y lo anti ético de la posibilidad, la idea nunca dejó de fascinarme. Dicha atracción se vio potentemente exacerbada en mi ánimo por la adquisición de *XYZ*, del escritor peruano Clemente Palma, un reverendo capricho que me preguntaba si había valido la pena por lo mucho que me costó y lo que tardó en cruzar océanos y cualquier cantidad de accidentes de la geografía para llegar a mis manos. Tal vez era obra del destino y hubiera un propósito muy específico en el hecho de que fuera yo uno de los pocos poseedores de un ejemplar de la edición ya agotada de esta novela. En ella, un científico reproduce a través de la energía atómica a los grandes artistas del cine en sus primeras décadas, tan detalladamente en cuerpo y alma, que los dobles se tienen a sí mismos por los personajes verdaderos una vez confrontados con sus modelos. No me cupo la menor duda de que el protagonista era un alter ego del autor una vez que lo puso a vivir un tórrido romance con la réplica de la entonces espectacular Jeanne MacDonald, que terminó, -en el marco de la escena tal vez más emotiva de la obra-, en la disolución del personaje en una especie de yema viscosa ya que, como todo producto del ingenio humano y todo lo artificial, estaba condenada a hacerlo de alguna u otra manera. De modo que tuve por un momento la idea de, literalmente, escribir a Michelle, trayéndola a mi lado de alguna forma descabellada y portentosa, similar a las ya descritas, pero no tardé demasiado en desistir. Lo que tendría al final no sería ni siquiera un remedo de la mujer que más amo en el mundo, sino un montón de palabras mal configuradas, -cerca de cuarenta y cuatro mil quinientas setenta y cinco, tal vez-, una más en mi nutrida colección de razones para avergonzarme de mi mismo. Además, la idea estaba conferida de tan poca originalidad, como que existe desde los albores de la civilización el mito de Pigmalión y Galatea. Además, cuando me veo al espejo, me doy cuenta de que ella lejos está de ser descocida, por decir, como Monterrey lo está de Lubbock, y yo no estoy tan roto solamente, sino como dice la doctora Polo cuando concede un divorcio, lo estoy de manera irremediable. Los chilenos no me dejarán mentir.

Además, ahora que lo pienso bien, caigo en la cuenta de que tenemos serias desavenencias y que, por lo tanto, sería difícil que llegáramos a entendernos si nos conociéramos en persona. Ella es aficionada a los videojuegos, especialmente aquellos en los que se utilizan interfaces que emulan armas. Yo detesto toda actividad competitiva, especialmente si involucra algún tipo o grado de violencia. Me enloquece su danza al compás del reggaetón o cualquier otro ritmo de la especie, pero luego me pongo a pensar en mi hermano guitarrista. Años de derramar cualquier cantidad de sangre, sudor y lágrimas por mi culpa, -habiéndolo yo inducido a que se especializara en tocar jazz-, le costaron en lograr cierta calidad como compositor e intérprete, para que los chavos de ahora anden escuchando ruidajo y no música de verdad, y él, con un título de maestría en interpretación musical por una de las mejores universidades que lo ofrecen, esté consumiendo sus días en una tienda departamental donde saca apenas para lo de la renta. Sin embargo, no me cabe la menor duda y apostaría todo lo que en materia poseo de que hay un tema por el que sé que discutiríamos hasta perdernos el respeto y cualquier grado de afecto que hayamos logrado. A ella parecen fascinarle los españoles, con su ceceo que aquí en este país se considera un trastorno del habla, -"lisping" le llaman, creo-. Al respecto, sólo puedo hacer un par de acotaciones. En primer lugar, se nota que no ha visto las películas de Torrente. En segundo, que no quisiera morirme sin conocer a alguien en persona, para variar. Se llama Alberto Mateo y se hizo famoso interpretando al personaje de La Mala Suerte en los comerciales de una poderosa compañía aseguradora. Si este deseo se me llegase a conceder, le pediría que me permitiera el gran honor de estrechar fuertemente su mano derecha, esa con la que se sujeta el pene, y hacerle saber lo mucho que lo admiro y que estoy plenamente convencido de que fue nacido para interpretar ese personaje, tanto como lo estoy de que el cielo es azul. De modo que me tocó controlar mis impulsos, Dios sabe que con el mismo sacrificio que él mismo tuvo que empeñar en aprisionar a Leviatán en las profundidades del mar o a Tifón en las del Hades. No valía la pena seguir.

Entonces, habiendo descartado al personaje basado en el individuo que creía conocer mejor en el mundo, a uno imaginario con rasgos de otro histórico, al que quisiera tener a mi lado, y al famoso cuyos secretos pretendía yo develar, tuve una última idea. Había una persona a quien conocía mejor que a cualquiera de las otras en las que se inspiraron los personajes que se me habían ocurrido, por mucho, y en la que no había reparado. Utilizaría el mismo contexto o, por llamarlo de otra forma, hábitat en el que coloqué y no pudieron sobrevivir dos de los cuatro seres hipotéticos que me imaginé. Aunque, sin embargo, haría a dicho ambiente un par de cambios poco significativos. El personaje que ahora tenía en la cabeza, a diferencia de mi compadre y su doble siniestro, el Barojita, no podría ni soñar jamás con la posibilidad de estar frente al empresario negro para discutir los frutos de su genio creativo. Otro cambio son los motivos que orientan este último intento que voy a emprender. Ya no quiero ridiculizar a nadie, ni hacer dinero a costa de la fama de otros, ni me interesa externar mi postura ante las instituciones de creación literaria o sus adeptos, ni intentar materializar un sueño que de antemano sé que no voy a lograr y ya tampoco siquiera el anhelo de salirme de la academia y la docencia. El amor es algo que se aprende, y si no, de cualquier modo algún día me resignaré a la vida que me depara el destino en este tipo de ambiente y encontraré la manera de controlar la inquietud y la inconformidad que no dejan de aquejarme desde que me levanto hasta que me acuesto. A todo se acostumbra uno menos a no comer y, como desgraciadamente es mi caso, a no pistear. No voy a ser ni el primero ni el último a quien no le gusta del todo su trabajo y, sin embargo, trata de hacerlo lo mejor que puede porque, al fin y al cabo, de eso depende su sobrevivencia. La mayoría de las personas sólo sabemos hacer una sola cosa, a menudo no exactamente la que hubiéramos querido. Algún día voy a acabar de entender que no estoy sólo, sino que no sé estar conmigo mismo, y que la felicidad surge del interior de uno, de los químicos que el cuerpo mismo produce. Es mejor de esa manera porque no voy a hacer partícipe a nadie de mis lastres, de los que a mi edad va a ser difícil que pueda deshacerme. Un buen día voy a dejar de beber y de fumar, y en la medida que sea, todo va a ser mejor que ahora que siempre estoy crudo. Mas por lo pronto, lo único que me impulsa a escribir lo que voy a escribir no es otra cosa que las simples ganas. La única satisfacción que espero no es mucho muy distinta de la que se experimenta al evacuar después de haberse aguantado hacerlo por mucho tiempo.

De modo que ésta es la historia de alguien quien aspira a ser escritor, un alcohólico irremediable. Inicia cuando se dirige a una entrevista de trabajo en cierta universidad de Miami, con una notable resaca. En el transcurso de ésta responde insatisfactoriamente a las preguntas de su prospecto patrón, haciendo despliegue, además de su pésimo aspecto, de una actitud insegura, llegando hasta el punto de que le preguntan qué lo hizo pensar que podría aplicar a ese trabajo, así como que fuera de una buena vez al grano y dijera si acaso tenía alguna mínima cualidad, para lo que fuera. Esto frustra al entrevistado, sobre todo porque tenía la ilusión de conocer y radicar en la misma ciudad que Michelle González Flores, una popular conductora regiomontana quien le había hecho la confidencia de que pronto se mudaría a Miami. Justo cuando va a responder, suena el teléfono del entrevistador, quien se percata de que se trata de una llamada importante. El interlocutor pregunta al entrevistador, ya que es un académico con amplios conocimientos de cultura popular, cómo se llama una canción que procede a describirle, ya que no cuenta con el audio. El volumen es lo suficientemente fuerte para que el entrevistado escuche. El entrevistador responde que no tiene la menor idea, pero el entrevistado interrumpe, ya que sabe el nombre de la pieza. Se trata de "Zocacola," de Charly García. El interlocutor pregunta quién le dio la información y pide hablar con él. El interlocutor sigue haciendo preguntas hasta que opta mejor por pedirle que le diga todo lo que sepa de esa canción. Entrevistado le cuenta sobre María Pederneidas "Zoca," la que fuera novia del compositor y en quien está inspirada la letra, así como de la relación de ambos. Una vez satisfecha su curiosidad, interlocutor le pregunta al entrevistado quién es y cuáles son sus credenciales. Éste responde y, finalmente, interlocutor, suponiendo que, como se trata de un estudioso de la literatura y seguramente tendría algún tipo de inquietud creativa, pregunta si acaso está interesado en escribir guiones para musicales. Al preguntar por qué, interlocutor responde que es un empresario de espectáculos que trabaja para un consorcio del que forman parte, entre otras empresas, la cadena de televisión hispana más importante de Estados Unidos. Muy emocionado, responde que no tiene ninguna experiencia, pero que estaría encantado de intentarlo. Para su sorpresa, Interlocutor le propone que haga el borrador de una comedia musical romántica y se lo entregue dentro de un corto plazo en su oficina. A pesar de que la premura le produce mucha agitación, accede sin pensarlo demasiado. Una vez que la llamada concluye, el entrevistador, quien parece haberse olvidado de la mala impresión que le produjo en un principio entrevistado, lo despide con un apretón de manos, indicándole que esté pendiente de su teléfono por si le llama. Interlocutor, en las anteriores ideas expuestas mejor conocido como Empresario, se comunica con un personaje indeterminado, a quien le dice simplemente que la canción se llama "Zocacola."

Graduado llama entonces a casa de sus padres en El Paso, TX, para explicarles la inesperada situación y pedirles dinero para poder quedarse la cantidad de días que tiene como plazo para entregar el borrador. Sus padres, que tienen pleno conocimiento de su problema de alcoholismo, desacreditan la historia y le niegan lo que pide, aduciendo a que la cantidad que gasta en cigarrillos y cerveza habría sido suficiente para que se costeara el hospedaje y el viaje de regreso en camión. Desesperado por no tener suficiente dinero para alojarse en alguna parte una vez que tenga que desocupar el lugar donde se hospeda, mira una figura de cerámica del Santo Niño de Atocha que siempre lleva consigo. Le pide su protección y se despide de él, no sin antes persignarse y agradecer efusivamente. Va entonces a la playa y recolecta algunos caracoles. Después, va a una tienda de santería y se compra un collar con cuentas negras y rojas. Acto seguido, aparece sentado en la banqueta del malecón arrodillado en una manta de colores junto a un sombrero vuelteado, a la usanza del Caribe colombiano, puesto boca arriba, mientras juega con los caracoles que recogió en la playa, ataviado asimismo con el collar. Anuncia en un letrero de cartón que lee el pasado, el presente y el futuro y que, además, saca "el santo" a las personas. Alguien se acerca con la aparente intención de ocupar sus servicios. Graduado lo mira de abajo a arriba, y descubre, para su desagradable sorpresa, que se trata de su asesor de tesis, quien no ha podido perdonarlo por el trabajo hecho mal y a la carrera que, por escribir este relato que ahora usted está leyendo, los dejó a ambos en ridículo. Resulta que es también practicante de la santería, lo que puede deducirse por la bisutería y la ropa que ostenta. Asesor le pregunta si sabe cuál es la mayoría étnica hispana en el estado de la Florida, a lo que Graduado prefiere no responder. Le dice que cualquier cubano le diría que el santo no se saca de la forma que pretende fingir hacerlo, agregando que debería saberlo, ya que en algún momento tomó un curso de cultura afrocubana con él mismo. Le recomienda que se vaya mejor a vender sangre, como hacía cuando a mitad de mes se quedaba sin estipendio y no tenía para seguir comprando cerveza. Graduado se levanta del suelo sin despedirse, mientras a la distancia Asesor le grita indicaciones para llegar a un albergue de vagabundos y le recuerda que le había advertido que no siguiera con "esa pendejada de programa de televisión y que saliera un rato del Skooners a ver el mundo real" pero, sobre todo, que "cerrara para siempre sus redes sociales," por el mismo motivo de que le hacían olvidarse de lo verdadero por vivir una vida virtual, que creo que con lo falso tiene poca diferencia.

Al día siguiente, Graduado se dirige hacia el lugar que su ex profesor le recomendó para preguntar si acaso había cupo. Por el trato despectivo que le da el/la dependiente, se puede deducir que Graduado puede pasar perfectamente por vagabundo gracias a su deplorable aspecto. Aclarándole en principio que esa es una organización cristiana, le dice que ahí solamente se va a dormir, asearse y desayunar. Le dice también la hora en la que dejan de admitir huéspedes y aquella en la que deben abandonar el albergue. Graduado pregunta si hay algún banco de sangre por ahí cerca. Dependiente le da la dirección y le advierte que ahí no se permite tomar bebidas alcohólicas ni presentarse intoxicado. Graduado se lamenta internamente, pero a lo lejos mira a un vagabundo que es despertado en forma bastante brusca por un policía y, posteriormente, arrestado.

Se ilustra en el mayor detalle posible el exhaustivo proceso de cerca de 3 horas que un aspirante a donador de plasma debe seguir antes de poder hacerlo por primera vez en algún centro distinto a donde lo hacía originalmente: examen físico, cuestionario, análisis de sangre, etcétera. Una vez que dona una importante cantidad de plasma, se levanta, bastante débil, y pregunta a la persona que lo atendió si acaso no hay una biblioteca pública cerca. El flebotomista le da indicaciones y le advierte que no se permite dormir ahí porque, de lo contrario, podría ser arrestado. Le da las instrucciones de rutina, incluyendo la de que no volviera hasta después de tres días y, por supuesto, que no tomara alcohol.

Se lamenta en un principio de haber omitido el detalle de que no había pasado el tiempo reglamentario para poder donar después de hacerse un tatuaje, -uno del monstruo Cthulu, por cierto-, aunque faltaba poco. Sin embargo, cambia de sentir rápidamente, justificándose en el hecho de que era más importante su sobrevivencia a la de los que se envenenaran con su sangre. Sería culpa de los laboratoristas por no haberlo detectado en las muestras sanguíneas.

Una vez que llega a la biblioteca, busca la sección de las computadoras. Se percata de que necesita una clave de acceso para poder usarlas.

Va entonces a información para preguntar qué se necesita para poder acceder a una. El dependiente se percata de la venda elástica que le rodea el codo. Con evidente desprecio y desconfianza, el dependiente le pregunta si tiene casa. Graduado, con indignación, le pregunta que a qué se refiere. El bibliotecario le informa que para poder utilizar el equipo, se necesita una credencial de la biblioteca. A su vez, para poder tramitar una, era necesario tener manera de comprobar residencia en el estado de la Florida por al menos un año. Recuerda que cuando escribió su tesis, había tramitado una credencial que le permitía acceso a los servicios de cualquier biblioteca del estado de Texas. La muestra, pero el dependiente se la devuelve inmediatamente, aclarándole que ese era un documento que ahí no tenía validez y que además estaba vencido. Decidido a agotar todas sus instancias, Graduado muestra entonces su credencial de estudiante y pregunta si acaso no puede tramitar una en calidad de ello. El dependiente se la pide y pasa la barra magnética por el lector de su computadora. Le ordena entonces, ya abiertamente, que se vaya y que no vuelva otra vez por ahí. La credencial obviamente está caduca.

En la calle, pregunta a varias personas dónde hay una tienda del dólar cerca. Nadie le responde porque piensan que se trata de una argucia para pedir limosna. Después de caminar varias cuadras, finalmente la última persona a quien interroga le señala con el dedo el edificio a sus espaldas. Graduado entra, coge una lata de atún, pan, un bote de mostaza, una barra de jabón, un champú, un cuaderno y una pluma. Todos los artículos son de las marcas más económicas y los escoge siempre cotejando su talón de pago del plasma para ver si tendrá fondos suficientes. Una vez que llega a la caja a pagar, Graduado pide unos cigarrillos. Pretende pagar con la tarjeta que le dieron en el banco de sangre para depositarle sus fondos. Sin embargo, no le alcanza, aunque le falta muy poco. Pregunta por qué. El dependiente de la caja le dice que hay un cobro extra por utilizar ese tipo de tarjetas. Le sugiere no comprar los cigarrillos. Graduado opta por no llevar la mostaza y preguntar al cajero cuál es el restaurante de comida rápida más cercano. Una vez ahí, toma varios sobres de aderezos y de sal y sale rápidamente, a pesar de que cree escuchar que lo llaman a sus espaldas.

Sentado en la banca de un parque, mientras mira las páginas en blanco como si fueran abismos negros, se lamenta porque no se le ocurre nada y, además, tiene apenas una idea muy remota de lo que es un musical, que consistía en haber visto *Wicked* alguna vez. Sin embargo, recuerda como entablaron contacto Michelle y él a través de las redes sociales, así como la larga lista de canciones en Youtube que le ha dedicado y los diferentes momentos en los que lo ha hecho, conectándolos con los eventos que recientemente le han ocurrido.

Se percató de que, finalmente, tenía en sus manos los elementos básicos de una comedia musical, tal como entendía el concepto. Incluso se imagina un final feliz en el que la narración de su amistad con la conductora llama tanto la atención de alguna poderosa compañía de entretenimiento, que le proponen hacer una película basada en su pieza. Obviamente, él propondría que Michelle fuera la actriz principal, so pena de no ceder los derechos de su idea. Una vez que se le hiciera la oferta y aceptara, preguntaría porqué pensaron en ella, y quien la contacte tendría qué decirle que el escritor del argumento la sugirió. Ella averiguaría de quién se trata, e irremediablemente tendrían un encuentro muy emotivo, después del que ya no se separarían nunca. Luego ella propondría que Graduado dirigiera el proyecto, ya que sabe que su sueño más grande es convertirse en realizador algún día. "¿Por qué no?," se pregunta. Igual ya tenía un crédito en la base de datos sobre cine más grande en el internet, aunque fuera sólo en la sección de agradecimientos de una película. Se imagina la boda con decoración, por ejemplo, de *La Dama y El Vagabundo*, o a su prometida vestida el día de la ceremonia de la bruja malvada y a él del hombre de paja, como en la obra *Wicked*. En virtud de que esos detalles cabían perfectamente en el argumento, de que tiene en sus manos una versión actualizada del clásico e infalible esquema argumental del perdedor que se casa con la dama que toda la comarca del cuento de hadas anhela, se emocionó al pensar en que, a pesar de ser una historia predecible y sumamente rosada, por lo mismo tiene un enorme potencial comercial y, además, podría literalmente convertirse en realidad. Era un poco como sucede en la película de *My Fair Lady* o, más claramente, en *Ruby Sparks*, pero esta vez el milagro, o la metalepsis, se produciría de una manera genuina. La chica virtual se convertiría en una mujer de verdad y saltaría primero de las páginas de un libro a una pantalla de cine y de ahí, a sus brazos, no como en la cinta, en la que tanto el autor como su personaje se quedan en la pantalla o, mejor dicho, ella lo trae a él hacia su mundo ficticio. Más aun, en virtud del parecido de la historia con el episodio de Cupido y Psique en *El Asno de Oro*, sueña con que podría escribir una novela más larga de la que éste fuera sólo un episodio. Esboza someramente, de forma tentativa, los episodios subsecuentes de este proyecto que yo escribí y usted está leyendo, todo completo. Las ideas que se le vienen en caudal le estimulan tanto que, cuando menos lo piensa, ha agotado casi todas las páginas de su cuaderno. Piensa en títulos tentativos. Entre ellos, el de "Sueños Guajiros," que inmediatamente descarta porque sonaba a cómo le pondría su compadre, escritor de la costa colombiana, a cualquiera de sus cuentos. Además, era también muy similar a *Sueños Digitales*, del boliviano Edmundo Paz Soldán. Recordando el incidente de Zocacola en la mañana, se ríe de sí mismo al pensar que podría ponerle a su obra "La Kola de Michelle." Sin embargo, reflexionando sobre las teorías de

Derridá, -que nunca creyó que le fueran a servir de algo-, en el sentido de que no existe nada fuera del lenguaje, así como en el refrán de Fidel Velásquez que decía "el que se mueve no sale en la foto," y en una nutrida cantidad de títulos cinematográficos, tales como *Cinema Paradiso*, *All That Jazz, The Smell of Camphor, the Fragrance of Jasmine* , *La Película del Rey*, *The Player*, la Mexicana *My First Movie*, *8 y ½* y, sobre todo, *The Most Important Thing is to Love*, opta por llamar en un principio su comedia musical "¿Qué hay fuera de la cámara?," imaginándose a sí mismo en las entrevistas televisivas explicando, con sus enormes gafas, cigarrillo en boca y las piernas cruzadas, que su idea obedecía a la metáfora de las cajas chinas, las cuáles en este caso sustituye por cámaras. Explicaría la etimología de cámara, y daría una cátedra sobre el hecho de que una caja es a un objeto lo que una habitación es al individuo. Al mirar su reloj, se da cuenta de que ha pasado la hora de ingreso al albergue. Tampoco se ha percatado de cuán agotado está, y va quedándose dormido, ahí mismo, en la vía pública.

El título por el que opta finalmente para su proyecto es "Corazón de Peluche," por sus connotaciones sentimentales y rosas, que abundaban en el argumento mismo. A grandes rasgos, la premisa principal consta de lo siguiente: se trata de un estudiante de literatura hispana en una pequeña y remota ciudad del oeste tejano. Está en proceso de convertirse en ABD, es decir, de dejar de estar obligado a acumular horas crédito para concentrarse exclusivamente en la escritura de su disertación. Justo acaba de defender su proyecto, trance del que salió airoso salvo por un detalle. Hacía algunos días había invitado a sus amigos en el Facebook a que le dieran "like" a una página. Se trataba de la de Michelle González Flores, de quien era acérrimo fanático. Su asesor de tesis recibe la invitación y se percata de que, además de que la chica es menor de edad, estudiante está pasando mucho tiempo en visitar ese sitio cibernético y dejando comentarios demasiado efusivos, que podrían comprometerlo y costarle cuando menos la profesión. Enfurecido por el riesgo en el que se está poniendo de incurrir en algún tipo de cargo criminal, así como por los plazos tan estrechos que tiene qué cumplir, el día de la defensa le ordena tajantemente que borre para siempre su cuenta en dicha red social. A estudiante no le queda otro remedio que obedecer, pero la inquietud de saber alguna novedad de la chica no lo deja dormir. Días después aplica, sin demasiado entusiasmo, a una beca que le permitiría dejar su trabajo como instructor de español para dedicarse exclusivamente a escribir su tesis, con la condición de que termine su proyecto en un año o menos. Como nunca había ganado ni premio ni reconocimiento alguno, llega incluso hasta a olvidarse por completo del asunto una vez entregada la solicitud. Un buen día recibe un mensaje de texto de su asesor de tesis, quien profesa la religión lucumí, diciéndole que en el oráculo del caracol le ha salido la letra Alafia O, la cual es la más positiva. Estudiante descalifica la noticia como simples supercherías. Asimismo, tal como lo esperaba, recibe por correo electrónico la notificación oficial de que no ha ganado la beca. Se dispone a pedir trabajo impartiendo clases en el verano, ya que en ese periodo académico no está garantizado y en vista del éxito no obtenido, no sin sentir un poco de frustración de no haber obtenido el incentivo y tener qué escribir un proyecto tan complicado mientras da cursos intensivos. Sin embargo, recibe la llamada de su asesor de tesis, quien le pide que revise su bandeja de entrada en el buzón electrónico. Para su enorme sorpresa, el comité encargado de elegir quién de los solicitantes recibiría la beca, optó por revocar su decisión y otorgársela. Como la cantina queda justo a unos pasos, pasa ahí los días subsecuentes. Sin embargo, en vez de celebrar, se embriaga y lamenta por no tener la compañía de una dama para celebrarlo, una muy específica. No puede soportar más su ansiedad de saber qué ha sido de la vida de su amada, y abre bajo un seudónimo una nueva cuenta en Facebook con el propósito exclusivo de comunicarse con ella. En una borrachera particularmente indulgente, decide enviarle un mensaje en el que le cuenta de la prohibición que le impusiera su mentor, con la única intención y esperanza de desahogarse y, obviamente, sin esperanza de recibir respuesta. Va al depósito por más cerveza, decidido a ponerse como testículos de perro, atormentado por el recuerdo de que ella había manifestado en algún momento que le gustaría conocer a un masón. Irónicamente, el estaba iniciado como aprendiz, aunque después de dos o tres tenidas perdió todo interés por la institución. No llevaba el teléfono porque estaba seguro de que nadie le llamaría en ese transcurso. Cuando regresó a su departamento, nadie podría dar cuenta de lo inmenso de su felicidad una vez que cayó en la cuenta de que la muchacha había respondido sus mensajes, nada menos. La anécdota le había parecido sumamente graciosa, y no podía parar de teclear caritas sonrientes y signos de exclamación. De alguna manera prodigiosa, estudiante recobró una lucidez que hace tiempo no experimentaba y, ni tardo ni perezoso, aprovechó la ocasión para decirle que algún conocimiento tenía de la organización que a ella tanto le interesaba, acreditándolo con una copia electrónica de su certificado de pertenencia a ella. El entusiasmo de la chica fue tal, que incluso lo llegó a llamar "mi ídolo." A partir de entonces, inicia el romance electrónico entre la bellísima presentadora de 17 años por quien todo el género masculino de México suspira y el instructor solterón y alcohólico de casi 40 años. La historia, para que no resulte tan llana en un momento dado, tiene su conflicto, dado por la distancia, la diferencia de edades y la desconfianza por parte de la chica, ya que el tipo está sumamente inconforme con su apariencia física y nunca se muestra. Sin embargo, como todos los musicales excepto quizás *All That Jazz*, que ultimadamente no es una puesta en escena sino una película, la resolución de la anécdota es feliz. Estudiante resuelve salir, en un arranque de desesperación, en busca de un corazón de peluche, hasta que encuentra uno lo suficientemente agraciado. Mientras escucha "The Gift" de The Velvet Underground, al borde de la locura ya tras varias semanas de no tener ninguna especie de contacto con la muchacha, le escribe en una tarjeta de felicitación algo del estilo de que sólo tiene un corazón, pero que ya no le pertenece y que debe estar junto a ella, su dueña, empaqueta ambas cosas y las manda por correo certificado a la dirección de la televisora donde ella trabaja. Después de varias semanas de dolorosa agonía, en las que estudiante cree que su envío hacia México se ha extraviado, finalmente recibe la noticia de parte de ella misma de que el paquete ha alcanzado su destino. Y no sólo eso, sino que la chica se toma una foto donde posa coquetamente estrechando el corazón de peluche junto al suyo y se la manda, sin escatimar en hacerle saber que el detalle es sin duda el más especial que ha recibido en su vida. El final queda abierto…

Una vez expuesto el argumento de la comedia musical, es preciso volver a la anécdota principal de este relato. Estudiante entonces despierta en la habitación de un Motel de los más económicos. Parece que sólo ha pasado una noche, mas sin embargo, se ha cumplido ya el plazo que le marcó el productor para que le entregara el guión. Graduado se arregla elegantemente. A causa de que la única manera que tiene de conseguir dinero es vendiendo plasma, y de que por ello y porque en un principio tuvo la necesidad de hospedarse en el albergue, ha tenido que permanecer sobrio durante todo ese tiempo, ha palidecido, enflaquecido y perdido bastante peso, lo que le da el aspecto de un vampiro. Los últimos días, a costa de hacer menos comidas de lo acostumbrado, ha logrado acumular suficiente dinero como para alquilar un lugar más cómodo y rentar ocasionalmente una computadora en un café internet para seguir trabajando en su borrador. Justo se dirige hacia allá para imprimirlo.

Una vez que lo hace, va hacia donde le habían indicado Empresario. La oficina como tal no existe. En su lugar, encuentra un enorme y lujoso teatro donde se anuncia el estreno de una obra que lleva justamente por nombre "Zocacola," como la canción de Charly García de la que discutían días antes él y el productor. Tan importante parece el evento, que incluso ya hay gente haciendo fila para comprar sus boletos. En un principio, se siente furioso por la estafa y por estar varado en esa ciudad sin trabajo ni dónde quedarse, y considera proceder legalmente o desquitarse de cualquier otra manera. Intenta comprar un boleto, pero como no tiene dinero suficiente, pide al dependiente de la taquilla que le regale un panfleto. El taquillero le dice que no puede porque hay tantos como el número justo de entradas, pero accede, después de que graduado mucho insiste, a dejarle ver los créditos y el programa. Corrobora con espanto que, efectivamente, Empresario Negro aparece acreditado como productor de la obra. Suspira de tristeza al percatarse de que Michelle no figura como Zocacola ni nadie en el reparto. Sin embargo, hay algo que le sorprende mucho más. El autor del guión es Barojita, antiguo compañero suyo en el programa doctoral de filología hispana, y reconocido autor de novela negra. Para Graduado, tendría más sentido que estuviera involucrado en un proyecto que tuviera qué ver con la relación virtual entre él y Michelle. Barojita tenía conocimiento de ello porque en varias de sus borracheras se lo había confesado, así como sus ilusiones de que, dados los indicios que el interpretaba como un interés genuino hacia él de su parte, la relación pudiera florecer y prosperar. Incluso recordaba haberle confesado que, en virtud de lo que prescribía la tradición en la antigüedad, así como la Biblia y algunos otros textos incluyendo *La República* de Platón, no veía nada malo en que un noviazgo y, en el caso más afortunado, un matrimonio se llegaran a concretar, a pesar de que en la actualidad era socialmente inaceptable e incluso tabú pensar en la sola posibilidad de que una chica de 17 años y un individuo de 36 pudieran llegar a atraerse mutuamente. Incluso le recordó que algunos de sus profesores estaban casados con mujeres a quienes les llevaban la misma diferencia de edad que él le llevaba a Michelle. En aquella ocasión, Barojita hizo hincapié en el detalle de que contrajeron nupcias una vez que sus respectivas cónyuges eran ya mayores de edad, así como en el hecho de que el problema no era la brecha generacional sino la edad jurídica. Le inquietó no recordar si en esas borracheras, por el grado de desinhibición al que induce el alcohol, así como la incapacidad de hilar pensamientos coherentemente, acaso había comentado por accidente si tenía deseos sexuales hacia la muchacha, aunque lúcido se jurara a sí mismo y a los demás que su atracción hacia ella no era de ese tipo. Se marcha entonces del lugar decepcionado, pero aliviado al mismo tiempo de que su secreto no hubiera sido revelado.

De vuelta en el hotel, Graduado tiene serias dificultades para resignarse, no tanto a que lo hayan estafado, sino a que la posibilidad de conocer a Michelle en persona pareciera destinada a desvanecerse. Cansado de que sus anhelos nunca se concreten, en un arranque impulsivo envía un correo electrónico a su compadre escritor, proponiéndole, con la escusa de que la sub trama que este proyecto completo tiene de la princesa Michelle y el perdedor borracho de Graduado tiene potencial de colocarse en el gusto de los lectores de populares autoras como Corín Tellado, Delia Fiallo o Caridad Bravo Adams, revisar este borrador y encargarse de pulir el estilo, mientras él se encarga de armar y ordenar el resto del argumento. Recuerda entre risas irónicas que algún momento pensó en adaptar la última entrada del videoblog de su amor platónico en youtube a cine o en enviarle el borrador de su musical. Ella era una excelente bailarina y coreógrafa, -por eso las cosas como estaban-, y posiblemente tuviera los medios para hacer algo con alguna de las ideas, por poco que fuese. Finalmente cayó en la cuenta de que su actual suerte no era consecuencia de otra cosa que su afán de querer impresionar a la muchacha. Como todas las unidades de información e ideas se almacenaban en su cerebro en forma de refranes o chistes, concluyó en que nunca se debe emprender un proyecto ni para impresionar a nadie, -especialmente una chica-, ni en venganza. Recordando el episodio de la *Odisea* en el que Ulises se hace amarrar al mástil de su barco para no sucumbir al canto de las sirenas, instala en su teléfono la aplicación de Facebook, así como la del servicio de mensajes de esa plataforma. Lo hace para resistir la tentación de ver y opinar sobre las entradas y fotografías que su amor platónico suele poner ahí. No entraría a las redes sociales a menos de que alguien quisiera comunicarse a través de ellas con él o tuviera algún aviso importante. Si acaso llegara a ver una de ellas, se juró a sí mismo presionar si mucho solamente el ícono de "me gusta." Esperaría a que sucediera algo con el borrador en el que pretendía trabajar, ahora para convertirlo en novela, una vez que estuviera listo para publicarse. De hecho, había qué reconocerlo, ese había sido un sabio consejo de Barojita. No se debe abrir nunca la boca, bajo ninguna circunstancia, a menos de que redunde en algún beneficio, especialmente de tipo pecuniario. Luego no tendría que estar llorando por la leche derramada.

Finalmente, sale a meter solicitudes de trabajo en distintos lugares, tales como tiendas de conveniencia, supermercados, agencias de limpieza, construcción, cocina y otros oficios de la especie, de esos en los que se requieren pocas facultades intelectuales, -especialmente la creativa que a últimas fechas tenía tan exacerbada-, y que siempre solemos desempeñar nosotros los mexicanos y nadie más aquí en los Estados Unidos. Mientras espera que lo llamen de algún lugar, sigue yendo al banco de sangre, donde los empleados, al notar que ya con muchas dificultades empieza a pasar los controles de calidad, le sugieren con insistencia que se cuide o de plano deje esa práctica definitivamente. A los pocos días desaloja el hotel para regresar al albergue, pues de otro modo no le alcanzaría el dinero para pagar el cobro mensual de su teléfono, un modelo reciente, tal vez el más sofisticado, para que las comunicaciones con su amor platónico, nulas desde hace mucho tiempo, nunca dejaran de ser óptimas. Ahora era una cuestión de vida o muerte y el aparato debía permanecer cargado, encendido y pegado a su cuerpo todo el tiempo. Pasaron los días. Su compadre jamás respondió a su mensaje.

A medida que su estancia en ese limbo se prolongaba cada vez más, parecía que aquello sería más bien una cuestión de muerte y, si ese era el caso, qué mejor que fuera haciendo lo que más le gustaba, o aquello que le daba la sensación de experimentar el placer que sentía al hacer lo que más le gustaba, que ahora no recordaba qué era exactamente. Se posesionó de él una enorme alegría cuando le dieron la noticia de que los pocos fondos que quedaban en su tarjeta eran suficientes para cubrir la cuota por utilizarla y, de paso, comprarse un "tall boy," un huracán de gravedad tan alta como para diluir las penas del dueño del hígado más resistente y el presupuesto más mermado. En la banca del parque donde por primera vez escribiera un boceto de comedia musical, sin importarle que no pudiera ingresar alcoholizado al albergue y que corría el riesgo de que alguno de los vagos le robara sus pertenencias en descuido, abrió su lata y empezó a ingerir. Estaba mal alimentado y cansado, condiciones que a él le parecieron ideales. Durante toda su vida, la gente se había burlado de él por su sobrepeso. Ahora le importaba muy poco que lo hicieran por cualquier otra cosa, ya no podrían hacerlo por el motivo de siempre. Tal como lo había planeado, no tardó demasiado en quedarse profundamente dormido en una banca, derramando sobre el suelo el resto del contenido del recipiente. Se habría lamentado mucho por la cantidad desperdiciada en otras circunstancias. En cualquier caso, no había que llorar sobre la leche derramada.

Durante lo que parece un sueño, un hombre afro-americano ataviado elegantemente, con traje negro tipo smoking, de camisa roja oscura, se sienta a su lado. Lo sacude de los pies. Graduado le pregunta en inglés quién es, a lo que el extraño responde, con un inconfundible acento caribeño: "Ya no siga soñando, mejor duerma bien." En seguida, enciende un carrujo de lo que por el fuerte olor se puede identificar sin mucha dificultad como marihuana y se lo extiende. Graduado se niega, pero el extraño insiste. Le asegura que al cabo el teléfono no sonará nuevamente. En ese momento, entra una llamada. Abre los ojos. Ya es de día, aunque todavía muy temprano. No ha terminado de romper el alba y sólo hay una o dos personas trotando en el parque. No reconoce el número de donde lo llaman. Tiene la esperanza de que se trate de algún representante de la universidad, o al menos de su compadre, para darle una buena noticia, del tamaño que fuera. Sin embargo, el interlocutor es el supervisor de la sucursal en el barrio de una cadena de supermercados. Le pregunta si está listo para tomar el examen obligatorio de drogas en orina y así determinar si puede ser contratado por la empresa. Graduado responde afirmativamente, y toma nota del lugar y la hora. El evento es dentro de poco tiempo.

Cuando llega al laboratorio de análisis clínicos, el encargado del mostrador le entrega un formato, en el que da consentimiento para que se tome la muestra, pero en cuanto Graduado se acerca para tomarlo, el auxiliar médico le retira la tablilla con el documento. Graduado, sorprendido, pregunta por qué. El encargado, sin decirle nada, le apunta con el dedo y se levanta la solapa de la filipina para olérsela, indicándole con el gesto a Graduado que haga lo mismo. Éste se percata de que su ropa tiene un olor muy concentrado a marihuana. Auxiliar hace una señal de negación con la cabeza y le indica con el dedo que salga, sin pronunciar palabra.

Entonces va al albergue para reclamar sus pertenencias, pero le dicen que ninguna persona que no trabaje ahí puede entrar, porque a esa hora desinfectan y desparasitan las instalaciones y los agentes que se utilizan para ese propósito son tóxicos en altas concentraciones. Graduado le dice al encargado que todo lo que necesita es recoger sus cosas. Éste le responde que las pertenencias abandonadas por un periodo similar al que se ausentó o mayor, se regalan a los negocios de segunda mano y, si no sirven, se tiran a la basura. En realidad, lo único que a Graduado le interesa recuperar es el cuaderno donde escribió el borrador de lo que sería el musical. Pregunta entonces dónde está el depósito de la basura. El dependiente le da indicaciones. Una vez que Graduado sale, bastante apresurado, el tipo tras el mostrador llama a la policía, quejándose de que hay un drogadicto hurgando en el contenedor de basura de la propiedad.

Mientras tanto, Graduado hurga hasta encontrar su cuaderno entre los desperdicios. Le sacude algunas inmundicias de encima y se cerciora de que aun tenga hojas en blanco. Una vez que lo corrobora, se percata justo en ese momento de que se aproxima la policía en dirección suya. Entonces sale corriendo. Le ayuda a escapar el hecho de que hay muchos peatones en el área, entre los que la patrulla no puede abrirse paso. Una vez que los pierde de vista, entra en un establecimiento de comida rápida para hacer sus necesidades fisiológicas. Cuando termina, pide lo más barato que hay en el menú del dólar y un vaso desechable para poder servirse agua. Se pone a escribir sobre sus experiencias desde que llegó a Miami. Entonces suena su teléfono. Se trata de una notificación de que alguien a cuyo canal de youtube se ha suscrito subió un video. Se trata nada menos que de su amor platónico. Graduado no puede contener la emoción, que se hace muy visible en su apariencia física, una vez que la chica promete revelar varios de sus secretos, -cincuenta para ser exactos-, con el propósito de que sus admiradores la conozcan mejor y aclaren ideas erráticas que puedan albergar en su mente. Espera en particular saber cuándo vendrá a vivir a Miami, como alguna vez le confesara, con la esperanza de poder encontrar los medios para permanecer hasta entonces en la ciudad. Sin embargo, ella revela que ese no sería su destino, sino la ciudad de México, con el fin de, una vez terminada la preparatoria, ingresar al centro de capacitación artística de la televisora donde trabaja. No puede contenerse más y rompe en llanto, que suelta de una manera por demás escandalosa, sin importarle que el lugar esté considerablemente concurrido. Al ver esto, el "manager" del establecimiento lo toma del brazo para indicarle lo más amablemente que puede la salida del lugar. Graduado pide que lo dejen en paz y se resiste. Entonces el manejador, -un tipo bastante fornido-, lo toma del lomo de la camisa y el cabello para sacarlo a la calle, donde ha empezado a llover, no sin antes propinarle una fuerte patada en el trasero, que lo hace caer de bruces en la banqueta, dándole verdaderos motivos para llorar, lo que hace aun con más ganas. Su llanto y la lluvia diluyen la sangre de su nariz y boca, hasta que desaparecen de su rostro y se mezclan en los arroyuelos que corren por la banqueta hacia las alcantarillas y los desagües. Después de un buen rato expuesto a la lluvia, se levanta con dificultad. Termina nuevamente en el parque, completamente empapado, con la mirada perdida y sin saber qué hacer. Una llamada lo saca de su estupor. Se trata nada menos que de su compadre, quien le llama para hacerle partícipe de una buena noticia. Por fin ha encontrado trabajo. Graduado no muestra ningún indicio de entusiasmo. Lo único que le interesa saber es si acaso leyó el bosquejo de novela que le mandó. Compadre percibe su desgano ante las noticias que a él le entusiasmaban tanto, lo que arruina el suyo propio. Entonces le responde de la manera más seca y a su vez con tanto desgano o más que él mismo que la novela va mal encaminada, además de ser demasiado pretenciosa, farragosa y no tener ninguna potencial audiencia. Graduado exclama entonces a todo pulmón a través del parlante, "¡Usted lo que no hizo fue leer con JUICIO la joda que yo le di, costeño!," haciendo especial énfasis en la palabra "juicio." Lanza el teléfono contra el suelo y él mismo se deja caer con estrépito de rodillas para romper, nuevamente, en agónico y desgarrador llanto. Sin embargo, se detiene abruptamente para dirigirse al punto donde cayó el celular. Afortunadamente el aparato, que hasta ese momento había sido su posesión más preciada por haber fungido, por llamarlo de alguna manera, como Celestina entre su Melibea y él, sigue funcionando igual y en una sola pieza. Aquello era un lodazal, e impidió que el impacto fuera demasiado fuerte. Además, la mica que protegía la pantalla, así como el cascarón de hule que lo cubría por los contornos y la parte trasera, impidieron en gran medida que el aparato se dañara a causa del agua. Entonces, aprovechando que aun tenía cobertura de internet, buscó en el teléfono mismo una sucursal de la compañía que ofrecía servicio a ese tipo de aparatos. Después, lo limpió y lo puso lo más presentable que pudo.

Titubeó entre llamar a sus padres o no para avisarles que iba de regreso a casa, pero decidió jugársela y no hacerlo. Lo más seguro es que le dijeran que no lo recibirían desde un primer momento, pero si se presentaba sin avisar, tal vez caerían en la cuenta de que no tenían alternativa más que recibirlo. Seguramente no dejarían de reprocharle sus constantes decisiones erradas en cada oportunidad que tuvieran, detalle que en otro momento no soportaría pero que a estas alturas le parecía perfectamente tolerable. Con suerte, encontraría trabajo de lo que fuera más fácil que en Miami, porque era su estado de residencia. Al pensar en el viaje desde donde estaba hasta allá, se preguntaba que querría decir la gente cuando afirmaba que estas situaciones sólo son temporales. A lo mejor temporal se supone que fuera un sinónimo de corto. Llegó a la conclusión de que todo en la vida es temporal, de que la vida misma es temporal. Lo que siguiera después ciertamente iba a ser no nomás largo, sino atemporal y eterno. Y nada más.

Besó por última vez la carátula de su teléfono, en la que aparecía Michelle abrazada de un corazón de peluche, con tanta ternura, que parecía que estaba haciendo lo propio con ella misma, no sin soltar otra vez un amargo llanto. Una vez que encontró el establecimiento, preguntó si en ese momento estaban comprando celulares. El vendedor le respondió afirmativamente, y procedió a mostrarle el aparato. Era el modelo más reciente de la compañía Apple, y se notaba, después de una revisión minuciosa, que lo había adquirido también hace muy poco. "¿Cuánto quieres?," inquirió el vendedor. Graduado respondió simplemente: "ofrezca." Entonces, para poder regatear convincentemente, a vendedor se le ocurrió, dado el cuestionable aspecto de Graduado, preguntarle de dónde se lo había robado. Graduado, sin responder, le mostró el recibo más reciente,- de esa misma compañía, lo que hacía difícil que hubiera lugar a dudas-, así como su identificación. Vendedor propuso entonces un precio bastante más bajo de lo que se ofrecía normalmente por un teléfono de esos en tales condiciones. Graduado, como tenía cierta premura por deshacerse del aparato y poco conocimiento de los tejes y manejes de ese tipo de mercado, aceptó de inmediato. Aun con mayor prestancia, vendedor se apresuró a abrir su cajita fuerte y pagar lo acordado. Una vez que Graduado recibió lo que le correspondía y se aprestaba a salir del local, Vendedor no puede soportar la curiosidad de preguntarle por qué le vendió el aparato. El interpelado responde: "nadie me llama más que para darme malas noticias." Vendedor, comprendiendo que la única razón aceptable para que alguien se deshiciera de semejante dispositivo a tan bajo precio debía ser muy personal, sólo atino a decir, en tono condescendiente: "lo siento."

Una vez hecha la transacción, pasa frente a una licorería. Siente la tentación de comprarse un par de unidades de la cerveza que antes acostumbraba tomar diariamente, que en un principio parecían tan baratas. Sin embargo, recuerda lo que le pasó horas antes, y decide seguir de largo hasta llegar a la tienda del dólar. Busca un juego de calzoncillos, otro de calcetines, un par de camisetas, una barra de jabón y un kit dental para viajero. Se da un baño vaquero en alguna terminal de autobuses urbanos, tira la ropa interior que traía puesta desde hace días a la basura, -bastante fragante y percudida-, para ponerse la nueva. Contempla la posibilidad de dormir durante el camino a casa, pero recuerda el incidente nocturno que le costó haber conseguido empleo. En el momento que tiene esa remembranza, aprieta su barra de jabón con fuerza, como para no soltarla y dar oportunidad a ser atacado.

Una vez que llega a la estación de camiones foráneos y compra su boleto, se da cuenta que es más caro de lo que anticipaba, pero no tiene otra opción y lo compra. No acostumbra tomar café de lo maltratado que tiene el estómago por los largos años de alcoholismo intensivo, pero está decidido a no quedarse dormido durante el trayecto. Se percata de que apenas lleva lo suficiente para uno, y opta por comprarlo. Surte el efecto deseado. Siempre con su cuaderno bajo el brazo, aun más maltratado por la lluvia, aborda el vehículo que lo llevará de regreso a casa de sus padres y, una vez que se pone cómodo, sin perder detalle del paisaje, - que a lo largo del camino irá cambiando tanto, de forma tan abrupta a veces-, se arma de valor y empieza a escribir algo que yo mismo hubiera deseado tener el valor de redactar y hacer llegar a alguien. Sin embargo, se adelanta a mis propósitos y lo hace por mí, tal como con el resto de esta historia que se escribió, justamente con el propósito de no ser vivida y no viceversa, como sucede en la mayoría de los casos.

En su cabeza se escucha "Manolo" de Alberto Cortez. Ya no necesita el teléfono ni siquiera para poner música.

Idolatrada Grace Michelle:

Al buen entendedor, pocas palabras....Y más el silencio, que es la voz del universo entero...Quisiera poder darle "unlike" a Micheladaz y eliminar al tu alter ego cibernético de mi lista de contactos en Facebook para evitar la tentación de volver a molestarte, pero eso me rompería en mil pedazos el alma... La verdad no sé qué fue lo que hice para que dejaras de responder mis mensajitos como lo hacías antes. Pueden ser varias cosas. Algunos de los que te he escrito, me da mucha pena confesártelo, no los he puesto del todo en mi sano juicio. De hecho, los que te puse anoche los escribí en un momento en el que llevaba como 128 onzas de cajeta en el brain. Debe notarse y no me sorprendería que en algún momento te haya ofendido. Perdóname y que Dios me mande el peor de los castigos si así fue. A lo mejor esos mensajes ya se estaban haciendo muy repetitivos, o caíste en la cuenta de que todo lo que como amigo y fanático puedo ofrecerte son palabras melosas y huecas, así como videos de youtube. Me imagino que habrás caído en la cuenta de que estamos muy lejos el uno del otro como para que valga la pena invertir tiempo en una amistad y guardar esperanzas de llegar a conocernos personalmente algún día. No sé, puede uno volverse loco especulando qué fue lo que pasó. Yo lo que quiero creer es que simplemente estás muy ocupada con la escuela y el trabajo como para responderle a alguien que ni siquiera tiene manera de ver el programa donde sales. Yo estoy seguro que no lo haces con mala intención, pero no cabe duda que la indiferencia es el desprecio más doloroso que puede uno recibir de alguien a quien ama, hablando del peor de los castigos.

Me doy por muy bien servido de haber sido digno de algunos momentos de tu atención, que siendo quien soy y siendo quien tú eres, jamás pensé que iba a conseguir. Te lo garantizo como tú lo quieras que fueron los más felices de mi vida, aunque a veces pienso que mejor hubiera sido que nunca hubieras respondido mis mensajes. Nosotros los hombres somos muy tontos. Siempre queremos cada vez más de lo mismo, y pues yo llegué a entretener en mi cabeza ideas bastante poco realistas con lo que eran simplemente respuestas cortitas, muy muy atentas, pero que no daban pie a que abrigara ningún tipo de esperanza. En fin, como ya varias veces te lo he dicho, si de algo estoy seguro es de que vas a llegar más lejos que nadie en este mundo, y seguiré muy atento de tus pasos, esperando que Dios me conceda ver cada uno de tus truinfos. Espero que tampoco te importune si le doy "like" a las entradas que pones en tu muro. Lo hago porque me imagino que para ustedes la gente que trabaja en televisión y esas cosas la popularidad es importante y, de alguna manera, creo que coopero un poquito. Pues como te decía, de verdad que no tengo el estómago para eliminar a tu alter ego cibernético de mis amistades. A veces pienso en mi locura que es porque en alguna ocasión tienes curiosidad de saber cómo estoy, pero otras veces pienso que cambiaste tu identidad y quitaste todas tus cosas personales de ese perfil por miedo y desconfianza de mí. Ocasionarte algún daño, por más pequeño que sea, es muchísimo menos de lo último que yo quisiera en la vida. Nomás de pensarlo me entra un horror que no podrías alcanzar a imaginártelo ni remotamente. No sé qué pensarás de mí, sobre todo por la diferencia de edades entre tú y yo, pero de imaginar que sea posible que yo, consciente o inconscientemente, pudiera hacerte algún mal, por más pequeño que sea, me dan ganas de achicharrarme eternamente en los apretados infiernos. Además, a veces creo que la gente no tiene otra cosa qué hacer que andar de gendarme de los otros. Parece que tampoco jamás les va a parar el hocico. Si estuvieras aquí en El Paso, lo primero que me dirían las enfermeras, -curiosamente mi mamá y varias amigas mías se dedican a eso-, es "Omar, no la chingue, a usted le faltan dos años para ser considerado paciente geriátrico y esa morrilla todavía se considera como pediátrica." No me sorprendería ni me ofendería en modo alguno si algún día me llego a encontrar que ya no estás en mi lista de contactos o que de plano me bloqueaste y me pusiste el dedo con los de Facebook, sino que, al contrario, me daría alegría por ti. Siempre es digna de admiración una persona que sabe decirle "no" con firmeza a las cosas o a las personas que no le traen ningún beneficio. You don't have to take crap from anybody, either (¡ya hasta el español se me está olvidando!). De hecho, soy el primero en aconsejarte que si alguna vez te ofendí, o llegas a sentir mis contactos contigo como hostigamiento, le hagas como dice mi buen Chabelo y se lo cuentes a quien más confianza le tengas. Por ejemplo, ahí vi la foto de tu papá. Se ve que él sabría qué hacer con el pobre del que se meta con lo más preciado que posee en este mundo. Hasta se me frunció cierto depósito en forma de bolsa que hay en la mitad inferior de mi cuerpo. El contenido también desapareció en algún recóndito lugar de éste, cuan topos ante la inminente lluvia, nada más de pensarlo. Bajo ningún concepto te lo estoy reprochando, pero hasta ahora soy incapaz de explicarme por qué me aceptaste la amistad en tu cuenta personal. Sin embargo, pues esta vida hay qué aprender a vivirla sin tener a fuerzas qué saber por qué el cielo es azul. Pero bueno, mira, si existe la necesidad de que alguien me llame la atención, creo que una de las pocas cosas que tengo buenas es que siempre trato de asumir la responsabilidad de mis actos y pues ahí te pongo mi información:

[Lo dicho].

Mira, hubiera querido que fuera una sorpresa, pero estoy decidido a poner los pies en el suelo de una buena vez. Mandé algo hace como dos semanas a esta dirección en Monterrey:

[Dirección de Televisa Monterrey]

Si te dijera que es algo que me costó cinco pesos, estaría exagerando bastante. Me dijeron que iba a tardar un buen rato en llegar el envío. A lo mejor esa dirección ni existe, o a lo mejor ya llegó el paquete y, por seguridad o lo que fuera, lo tiraron a la basura. Sería lo mejor, de verdad que era algo que no valía la pena. Sin embargo, cabe todavía la posibilidad de que llegue a tus manos. Si así sucede, pues haz lo que tú creas más conveniente, pero por lo que más quieras, te lo imploro por misericordia, no me vayas a ir a responder, aunque lo que más anhelo en el mundo es que me vuelvas a dirigir la palabra. De la misma forma, te lo pido más que nada por bien tuyo que no respondas a este mensaje. Ahí te explico por qué. Mira, están pasando dos cosas muy importantes en mi vida que quisiera que tomes en cuenta. En primer lugar, gracias a mi padre Dios, me gané una beca que me permite no tener qué trabajar para estudiar, pero con la condición de que, entre otras cosas, defienda mi tesis en Marzo del año que viene. Eso significa que tengo que tener corregido y aprobado a más tardar un mes antes un borrador de cuando menos 300 páginas. Por estar volando en mi nube de pedo, ya voy bien atrasado. En segundo lugar, pues para ahorrarme lo de la renta, me vine a vivir con mi papá y mi mamá. Para eso, pues adquirí, o más bien retomé, un hábito bastante destructivo allá donde estaba viviendo, -el Skooners, traducido en español como "Chabelas," la cantina de ahí del pueblo, me quedaba exactamente como a 23 pasos del depa-. Como ya te habrás dado cuenta, soy un individuo que no conoce la paciencia y quiere gratificación inmediata sin ganársela, con nulo control de sus impulsos. Para mí, el hecho de que una persona célebre, talentosísima y que resulta ser nada menos que la criatura más agraciada y hermosa en la que he tenido el privilegio de poner los ojos me responda un mensaje, sea por bien o por mal, representa una excusa para zamparme de perdido unas seis caguamas. A mí que me lleve el carajo, pero estoy tratando de dejar este vicio por mis viejitos. Sé que, a pesar de que lo hago a escondidas, ellos se dan cuenta y no les agrada en lo más mínimo. El día que defendí mi propuesta de tesis, todo estuvo tan bien que, pues ya ves, no lo digo por vanidoso ni por mamón, hasta una bequita me gané. Sin embargo, ahí me tuvieron tres horas, regañándome. Estaban bastante molestos conmigo.

Básicamente, lo que me dijeron fue, -e imagínate a

un pinche boricua que encima es santero, con su

habladito fastidioso, interpelándome por tan largo

rato-:

1. "Ya deje la pendejada esa del Payaso Pilín."

    Por cierto, ahí fue donde puse por primera

    vez los ojos en ti y desde ese momento ya

    jamás volví a ser el mismo. Esos no son

    cuentos. Está científicamente comprobado.

    El fenómeno se llama algo así como

    "deshicence." Tendrías qué leer el texto de

    "The Mirror Stage" de Jacques Lacán, quien

    de hecho me cae en los merititos hígados,

    para que me comprendieras. El profe

agregó: "Usted ya es un adulto, nada de que 'volver a los 17' como la canción de Violeta Parra. Si no aprovechó su juventud, ya no hay nada que pueda hacer pa' remediarlo."

2. "Sálgase ya un rato de ahí del Skooners. Entienda que hay un mundo muy grande allá afuera esperando que usted lo explore, en sus cinco sentidos."

3. "Cancele su cuenta de Facebook y jamás vuelva a abrir otra. Usted con una joda de esas es como un esquizofrénico ciego con una granada atómica. Va usted a ir a dar hasta el penal de Topo Chico y le va a pasar lo que a Angélica María. Si le resbala el jabón de las manos se va a convertir en la Novia de todo México. A los que ponen esas

cosas como las que usted pone en su Facebook ni los presos ni los celadores los quieren." Tanto como lo anterior, tuvo un potente impacto en mí la forma en la que concluyó: "Además, esa joda es pa' las mujeres."

¡Cuánta razón tenía mi asesor de tesis! ¡Ahora me doy cuenta de que todo lo que quería cuando me dio esos tres consejos no era ofenderme sino, al contrario, no otra cosa que mi bienestar y mi éxito profesional! ¡Qué razón tenía también un estudiante que me caía gordo nomás porque era una persona sincera que decía las cosas al chile, sin adornos ni tapujos! Un día les estaba enseñando a los muchachos el vocabulario de la familia; tú sabes, suegro, yerno, cuñado, nuera, concuño, etc… Les di un ejemplo "Michelle González es mi novia." Para eso, la lección era con Power Point y les enseñé una foto tuya. Y por supuesto, aclare que no era más que un fan tuyo, y les dije que siguieran mi ejemplo. Les di tu página y les pedí que le dieran "like" a cambio de algún puntito extra, para que veas tú mi ejemplar ética profesional en lo que toca a no hablar de gustos personales, promover cosas que no tengan qué ver con la escuela y, sobre todo, andar viendo muchachas de edad de High School siendo instructor de Universidad, por mucho que yo diga que no es para andar de chaquetero, -y te lo juro por Dios que no, lo que siento es distinto, pero así te han de decir todos-. Hay cosas buenas que parecen malas. Les pregunté entonces qué es una novia, y todos, a juzgar por su respuesta, parecieron entender bien el concepto. Al día siguiente, pos tuvimos el repaso. Pregunté para que todos me contestaran a coro, porque se siente bastante chida, ¿Quién es Grace Michelle González? Todos se acoplaron menos mi camarada. Optó mejor por decir: "¡una ilusión, un sueño!" Hasta se oía como emputado. En ese momento me dieron ganas de sacarlo a patines en el orto del salón, pero ahora podría decir que era como si el Echu (a quien, casualmente, los santeros veneran en la forma de mi Santísimo Niño de Atocha), airadísimo, se hubiera posesionado de él para reprenderme severamente. De hecho, no sé qué tipo de súper poderes tengo que me acuerdo tan bien de mis sueños. Creo que hasta te he platicado algunos. Justo en el que tuve anoche apareció un negrote vestido elegantemente de rojo con negro que me dijo: "Mejor duerma y deje de estar soñando."

Sin embargo, podría decir sin temor a equivocarme que, a pesar de que, como en la historia de mi vida tradicionalmente ha ocurrido, me cagué exactamente en lo mero mero más limpio, ésta fue una experiencia muy muy chida, muy positiva y muy bonita; la mejor de mi vida entera hasta ahorita, que no es decir poco porque estamos hablando casi de un tostón, de medio siglito. Primeramente, pos aprendí una lección que me permitió conocerme más a mí mismo. Pude ver que uno como adicto, -o, dicho de más honestamente, el borracho de mierda que soy-, lo que siempre está buscando es la gratificación inmediata. Uno toma hasta embrutecerse, sacrificando su salud y haciendo sufrir a todas las personas que lo rodean, para sentir una felicidad por la que no ha invertido ningún esfuerzo, y de esa forma va perdiendo cada vez más los medios para conseguir lo que desea hasta que, -ahora sí pa' que chille de verdad-, sus deseos se vuelven imposibles de realizar. Me han dicho que mis boleritos, la música que más disfruto porque según yo soy de temperamento "romántico" y "bohemio," en realidad son auto- conmiserativos y quitan las ganas de vivir. Sin embargo, hay uno que dice algo que me llama mucho la atención:

"Sólo sé que en la vida es preciso saber esperar…y CALLAR, para al cabo alcanzar, lo que siempre anheló el corazón." Y mi abuelita siempre me decía: "No ande contando nunca sus propósitos porque planes que se cuentan, se ceban." Ya lo ves. Aprendí por las malas lo verdadero que eran esas palabras. Ahora me pongo a pensar. Si hubiera sabido controlar mis impulsos y no querer brincarte encima, cuan perro al que la dueña no le ha puesto agua ni croquetas, desde el fregadísimo Messenger, si no hubiera empezado con mis mamadas de que "¡Ay! eres el amor de mi vida" y esa pendejada de que "verba volant, scripta manent," quién sabe, a lo mejor ahorita tendría un autógrafo tuyo, o tendría ahorita de desktop en la compu o en la carátula del teléfono una fotografía que tú te habrías dejado de buen grado tomar con tu servidor allá en Monterrey. Qué sé yo. O tal vez me considerarías tu amigo y tendrías la confianza suficiente como para permitirme el honor de invitarte una paleta de la Michoacana si acaso los caprichos del destino te llegaran a traer por estos rumbos, no como ahora, que tal vez por miedo, -lo último que yo hubiera querido que sintieras hacia mí-, ya no me puedes contestar mis mensajitos como antes. Cuando le platicaba de ti, mi garra de compadre siempre me decía "no hay peor consejo que el que no se pide, pero declarársele a alguien por mensaje de texto o por el Facebook es la cosa más corriente y de mal gusto que puede hacer uno en la vida," y mira nomás. Yo la celebridad, el dinero, el prestigio, los viajes, los lujos, los placeres, los privilegios, las mujeres y hasta los amigos, todo me lo hubiera pasado por el meritito arco del triunfo de París a cambio de haber permanecido en gracia y amistad tuya; oportunidad que ahora mi corazón y mi conciencia me dicen que ya perdí para siempre. Tengo razones para asegurarlo: el día que abrí esta cuenta de Facebook, ya me había ganado la beca. Me estaba cargando la chistosa de pura tristeza y dolor porque perdí la poquita inocencia y pureza que todavía quedaba en mí. Me sentía profundamente decepcionado de la especie humana porque me di cuenta que hasta las personas que consideraba mis mejores amigos se habían confabulado a mis espaldas contra mí. Me río de la ironía al acordarme que ni siquiera lo hicieron para ganarse la beca ellos, sino nomás para que no me la sacara yo. Cuando sus artilugios fallaron, entonces no paraban de murmurar y cuchichear por los pasillos que me la dieron por lástima, porque soy un pobre perdedor de shit, y no porque me la merecía realmente. En la cara me llegaron a decir, -y qué bueno, peor fuera que a mis espaldas se lo hubieran dicho a alguien importante-: "Mira en lo que va a tirar el dinero la escuela, en un pinche borracho hediondo como tú." Me acuerdo bien que era día de Pascua. No sólo me receté una nutrida cantidad de serpientes bien elásticas tamaño familiar, pero en mi criterio de selección también tuvo bastante relevancia que tuvieran una graduación así como pa' hombres y no andar ahí jugando a las Barbies. 'Tamos hablando más o menos de ocho punto y garra de graduación alcohólica, "pa' que raspe," como dicen en las movies de charros. Ya estaba yo hasta el chiquis triquis de beodo, pero afinadotototote en La Mayor. Se me ocurrió entonces, nomás como a modo de terapia, -porque pa' eso yo leo mucho a César Lozano y a Alejandro Jodorowsky, hasta que se me secó el cerebro, como al Quijote-, abrir esta cuenta de Facebook y platicarte eso de que mi asesor de tesis se encabronó porque lo invité a que le diera "me gusta" a tu página, -ya viste tú la plática tan amena que tuvimos el día de la defensa de mi proyecto- . Jamás me imaginé que eso fuera a causarte alguna gracia, ni mucho menos que fueras a contestarme y aceptarme la amistad en tu cuenta privada. Me cae, pero me cae y podría apostar todo lo que en materia poseo que nadie desde que apareció el hombre sobre la faz de la tierra ha sido tan feliz. Se me hace que hasta la vecina me puso el dedo con la casera por el griterío y el desmadre que traía. Después de controlarme un poco, lo que hice fue que me arrodillé ante mi Santo Niñito para agradecerle con toda mi devoción y mi fe el favor. Dicen que si uno quiere de verdad demostrar su agradecimiento sincero a los Orishas -¡perdón, perdón!, a los santos-, debe uno ofrecer en sacrificio lo que más le duela dejar ir. Debes imaginarte ya lo qué decidí entregarle, - agregándole también los tabiros; un detallito ahí sin importancia que se me había olvidado mencionar-. Estuve libre de alcohol y tabaco por cerca de un mes. Mi mente estaba tan clara, que hasta pude corregir y publicar un artículo, poco común entre los que no se han graduado y, en el caso del programa donde yo estudio, incluso entre los que ya lo hicieron. Sin embargo, la euforia obnubiló mis pensamientos y me hizo perder el enfoque. Jamás logré convencerme de poder ser acreedor de tantas bendiciones, especialmente la de tu amistad. Siempre he desconfiado de las historias que son demasiado bonitas para ser verdad. Había logrado varias cosas en un periodo muy corto de tiempo: pasar mis exámenes comprensivos, otro examen a título de suficiencia en un idioma extranjero, mi propuesta de tesis, publicar. No quiero que suene como que me estoy justificando, pero llegó el momento en que el peso de 36 años, en los que la idea de mi mismo siempre fue la de ser un perdedor y un borracho, aplastó todo lo que había logrado en un periodo poco menor de seis meses. El día en que esto ocurrió finalmente se celebraba la fiesta de retiro de uno de nuestros profesores más queridos. Para eso, yo quería reforzar y oficializar mi propósito de no volver a contaminar mi cuerpo con alcohol o tabaco, y tenía al día siguiente una entrevista con un equipo de estudiantes que investigaban la recuperación en alcohólicos con un mes o más de sobriedad. Entonces la historia se volvió más verosímil, sobre todo en el sentido de que todo lo que podía salir mal, así salió. Mucha gente no sabía que había publicado un artículo, entre ellas las personas que intentaron sabotear mi solicitud de tesis y una profesora que me odiaba por mi supuesta afición a la violencia extrema en el cine.

Tenía muchísimas ganas de darles la noticia de que un comité anónimo que no tenía ningún conocimiento de mi identidad había decidido aprobar para su publicación un ensayo mío, seguramente por "lástima." Sabía que estarían en esa fiesta, pero no contaba con que estaría también mi asesor de tesis. No solía socializar demasiado, especialmente con sus colegas. Empecé entonces a hacer "tiros de calentamiento" desde hacía horas atrás, como te digo, para apaciguar la euforia que me invade ante toda oportunidad que pueda redundar en un beneficio para mí. De modo que cuando me presenté, las densas olas del inmenso mar de botellas que ahora rompían en mi interior habían inutilizado mi lengua y otras de mis capacidades motrices. Un concurrente a quien apenas conocía de vista, -todo lo que recuerdo de él es que era negro- me pidió que lo acompañara a traer más cerveza. Sin embargo, por su comportamiento me pareció que sus intenciones eran distintas a las que había declarado. El carro no se detuvo en ningún depósito, sino frente a su casa. Me invitó a pasar y, una vez que me puse cómodo en la sala, percibí un aroma bastante desagradable, pero también familiar en la misma medida. Mis sentidos empezaban a alterarse de una forma distinta a como lo hacían con el alcohol por sí solo, sin combinarse con otra cosa. Tanto así, que en un principio me pareció ver salir de la cocina al trenecito Thomas, -sí, ese que habla-, envuelto en las espesas bocanadas de humo que él mismo estaba echando, cuando en realidad se trataba de mi anfitrión. La maquinita me ofreció un poquito de su carga. En mi pueblo tenemos mucho peor visto desairar que no compartir, y me fui de viaje, primero en carrito, y luego en el tren. A partir del momento que pusimos pie de regreso en la casa donde se celebraba la fiesta, el resto no vale la pena ni contarlo. No sé qué hayan visto los demás en esa concurrida celebración, pero desde la ventanilla del vagón, con el horizonte cubierto de humo verde, yo estaba convencido de que les estaba demostrando a todos que había logrado lo que en sus largas vidas "profesionales" y personales muchos de ellos no pudieron. La bestia que despierta en mí al ingerir alcohol se jactaba de que, en ese ámbito lleno de gente que no pudo hacer algo mejor de su vida, de hombres que se casaban a una edad no inferior a los cuarenta años, de viejas enlutadas que sacrificaron su juventud y fertilidad en aras de la lucha contra el patriarcado, yo pude tocar el cielo mismo, manifestado en un ángel al que le sobraba la juventud que ellas estaban, desde un punto de vista ginecológico, condenadas a perder muy pronto, o que ya habían perdido para siempre. Así con la mano en la cintura, o mejor dicho, con el hígado y el cerebro a punto de tronar como un par de asquerosos sapos, ahí me tenías, según yo, dándoles a los envidiosos una sopa de su propio chocolate. ¡Qué contento estaba de la supuesta desgracia e inferioridad ajena, y de mis "méritos"! Estaba convencido de que había yo reído al último cuando le faltaba tanto rato a la historia para acabarse. Pronto había de aprender, -de un modo que al acordarme cuánto me caló, me vuelve a doler igual-, la que fue sin embargo una de las lecciones más valiosas que la vida me ha dado. Nada de lo que uno haga debe estar motivado por el deseo de venganza ni para impresionar a nadie, especialmente a alguien como tú, que verás a un buen porcentaje de todo el género masculino de este planeta haciendo cualquier cantidad de locuras por ti, se los pidas o no. Y en carne propia me di cuenta que, no importa la religión a la que uno se adscriba, en todas y cada una, el pecado más grave es el de la soberbia, que nunca queda sin castigo. Uno debe hacer las cosas por el simple placer de que salgan bien, en el sentido más amplio que pueda tener la palabra. Así de simple: Le hice una promesa a Dios y la rompí. A pesar de que creo que me castigó con lo que más podía dolerme, estoy consciente de que las oportunidades ocurren sólo una vez en la vida y es el recurso natural que más se desperdicia. Nadie se muere de esto y pues no hay mal que por bien no venga. Por su propio pie se salió solito de tu vida un estorbo, de los muchos que no deben faltarte. ¿Qué beneficio ibas a sacar con un individuo como yo? Además de que estoy convencido de que fue lo mejor que pudo haber pasado. Había dejado mis vicios y me puse las pilas en general por las razones equivocadas. Cualquier tarea que uno emprenda debe llevarla a cabo como un fin en sí misma, no como un medio para lograr otro objetivo.

Curiosamente, en esa ocasión mi asesor de tesis no me dijo nada. No es de sorprenderse que, a varias semanas ya del incidente, aun no me dirija la palabra. Al día siguiente me llamaron los del proyecto de investigación. A pesar de que todas las preguntas respecto a mi consumo de alcohol y otros estupefacientes las contesté de manera negativa, mi interlocutor decidió terminar la llamada antes, muy seguramente, de que la entrevista concluyera. Se me iban a remunerar 25 dólares por mi tiempo. En ese momento, creí que ese era el precio de mi dignidad, que igual había terminado regalando.

Fíjate nomás el grado de enajenación y estupidez tan grandes en las que incurrí. Tal vez, entre la avalancha de comunicaciones electrónicas que por distintas vías recibes a diario, no debes acordarte de las tantas y tantas veces que te escribí diciéndote una y otra vez lo poco que me importaba no ser tu novio, ni tu amigo ni nadie, así como lo feliz que era tan solo de haber tenido oportunidad de hablar contigo, cuando sobra quien fuera capaz de matar por un atisbo de tus ojos que dure menos de un segundo. Pues yo por mi parte tengo grabadas a fuego en el fondo de mi alma cada una de tus respuestas. Yo sé que nada de esto lo dijiste en sentido literal, pero sin embargo, en algunas ocasiones te referiste a mi persona con frases como "eres mi ídolo" o "I love you." Aunque ese tipo de cosas procuro no decirlas a menos que de verdad las sienta, tal vez lo que más me gusta de ti es que, a diferencia de los demás, no tienes esa especie de anti-malware o censor integrado en el cerebro. Dices las cosas como las piensas, sin perder mucho tiempo en adornarlas, y no estás recelosa de lo que vayan a opinar los demás. En un principio pensé que esa era una característica común que teníamos, pero en realidad lo que yo hago es que me quito ese aparato con alcohol, dejando mejor que el diablo tergiverse mis pensamientos y, ofreciéndose como mi abogado, hable por mí. Cualquiera con sentido común habría sabido cómo procesar esa información y descartado la posibilidad de que estuvieras hablando en serio. Pudo más en mí el hacer de cuenta. A veces pienso que te mandé la copia en PDF de *El Arte de Amar* de Fromm porque a mí me hubiera gustado mucho que alguien me regalara ese libro en el momento que me percaté de que no me respondías ya simplemente por exceso de trabajo. Hablando de palabras en su sentido verdadero, el desagradable sentimiento que ahora me embarga debe ser una buena señal de que por fin estoy afrontando la realidad, que siempre duele al ser descubierta. Parte de lo que implica amar es, primero que nada, conocer. Estoy demasiado viejo para no saberlo. Lo que las personas proyectan al exterior no es para expresarse, sino para ocultar lo que no quieren que los demás vean de sí mismos. Además, tú vives de la atención de los demás. Yo sólo te di la que me correspondía darte. Después de eso, lo más prudente es retirarse para que el tributario que sigue, tras de quien hay también una fila enorme, haga lo que le toca. Tiene sentido, entre más de nosotros, -y entre más intensos sus sentimientos-, mejor. Lo único que yo conocía no era una persona, sino poco más que una bellísima muñequita virtual que me mimaba con sus palabras tiernas, como en la película de *Cherry 2000*. El día que menos lo esperaba se me rompió. Ya no me quiso decir más cosas bonitas. Ahora entiendo por qué la gente que no le gusta fotografiarse dice que las cámaras roban el alma.

Comprendí algo de lo que debes haberte dado cuenta hace mucho. Un fan tiene una expectativa de vida mucho más larga que un compañero sentimental e incluso un amigo.

Pareciera que hubieras estudiado con mucha atención la canción aquella de The Velvet Underground, "New Age," pero si no lo has hecho, evítate un rato de aburrimiento y déjalo así. Por el contrario, del matrimonio se dice que algunos terminan bien, y que otros duran toda la vida. La amistad no debe mezclarse nunca con el negocio, y no podría estar más de acuerdo. Además, varios talleres mecánicos he visitado yo en mi vida como para no saber que "las visitas sin negocio, al carajo." El caso es que las atenciones que tuviste conmigo, las cosas que me dijiste, nadie me las había dicho antes, y estoy resignado a que con mis años nadie me las repita.

Pensarás si te confieso algo no que estoy loco, sino más bien mongolito. Un día, recibí respuesta tuya a un mensaje que, para variar, había escrito bastante servidito y que, por la misma causa, borré de mi lado de la conversación, pensando que se borraría del tuyo. Decía "qué hermosos son tus pensamientos plasmados en esta hoja virtual." Después apareció en ella una calcomanía animada que regalaba besos. A los pocos minutos, pusiste algo así en tu muro como "no quiero un amor que tenga un final feliz, sino uno que dure para siempre. Pensar en estas posibilidades en el mundo real me deprime." Era la primera vez que leía algo de esa especie en tú página, y por alguna razón, en mi mente ofuscada por las vanas esperanzas, los opuestos "mundo real" y "página virtual" se conciliaron en unión indisoluble, retoñando de dicho ayuntamiento en mí la idea de que tal vez tus sentimientos fueran parecidos a los míos por ti y te refirieras a un servidor. Sin embargo, la última vez que hablamos fue cuando te mandé el libro de Fromm. Me aseguraste que lo leerías, y jamás volviste a dirigirme la palabra. A veces me dan ganas de pensar que estás esperando hasta terminar de leerlo para darme tus impresiones, pero luego recuerdo la cantidad de neuronas que diluí en alcohol, y se me pasa. Me sorprende cuán diferentes son las acciones de la gente en relación a lo que uno anticipa de ellos. Aprendí otra valiosa lección, no sin otra vez pagar una considerable cuota de sufrimiento. El apego a las personas o las cosas es la fuente de todo infortunio. O, dicho mejor por mi Don Miguel Ruíz, el de *Los 4 Acuerdos*, sembrar expectativas significa cosechar decepciones, o algo así. Aceptarlo finalmente no me hace más feliz, pero me tranquiliza.

De modo que creo que para mí funciona mejor agradecerle a Dios por lo que ya he recibido que pedirle, porque una vez satisfechas nuestras demandas, se tiende a querer más y mejor. Es más, creo que tú misma dijiste en algún momento que lo que Dios nos depara suele ser mejor que lo que le pedimos. Me estoy esforzando mucho por creerte. Si otra persona lo hubiera dicho, lo juzgaría por mentiras. Tengo un apoyo económico que me permite dedicarme exclusivamente a estudiar, sin tener que trabajar para sobrevivir, aquí y ahora, y mira, le estaba pidiendo la amistad de alguien que no nomás está a mucha distancia de mí solamente, sino muy alto, en el mundo virtual, o tal vez donde moran los ángeles, pero bien lejos de mi realidad. Mi actitud contigo no fue demasiado diferente a la de un amigo mío del que me burlaba bastante. Él es de mi pueblo, que no se caracteriza por ser muy grande, opulento, rico ni cultural. Ahí vive todavía, con sus padres, un trabajo donde no acumula beneficios por antigüedad, y muy poco tiempo para alcanzar los cuarenta años. Y sí, "dime con quién andas y te diré quién eres." Un día lo invité al buffet chino. Tenía tiempo que no veía a una persona tan emocionada: Tanto, que parecía que me lo iba a llevar a la misma China. Me sorprendió su reacción, pero en fin. Una vez que yo me levanté para servirme, caminó detrás de mí, como si fuera mi escolta. Me pareció un poco raro, porque en esas situaciones, normalmente cada quién agarra por su lado. Después, me empecé a servir, siempre con él detrás de mí. Para darle un poco de variedad a mi plato, le eché creo que un poco de verduras cocidas, ya no me acuerdo. Él, escandalizado, cogió su cuchara y arrojó los vegetales de vuelta al recipiente donde los había tomado. Sorprendido, le pregunté por qué. El me respondió, todavía muy alterado, que ahí tenía yo verduras y frijoles en la casa y allá podría comer todos los que yo quisiera. Me tomó de la muñeca y me llevó a la sección de las carnes. Me empezó a servir generosas porciones a la vez que hacía lo mismo con su plato, increpándome: "¡aproveche ahorita que hay carne, güey, échese un chingo!" Dejamos nuestra comida en la mesa; mi plato de proporciones verticales bastante nutridas, pero no tanto como el de mi compañero, que parecía la torre de Pisa, pero al fin y al cabo no era la original y acabó por sucumbir a la fuerza de la gravedad. Fuimos entonces por nuestras bebidas. Era verano y, por decirlo de alguna forma, tuve el reflejo de ponerle hielo a mi vaso. Mi amigo, quien de nuevo me venía siguiendo, me arrebató el vaso y lo vació en el desagüe. Cuando le pedí explicaciones, él replicó: "¿Qué no ve que la pinche soda ya está fría, güey? ¿Pa' qué chingados la rebaja con agua? ¡Échese un chingo de producto, al cabo si rebosa ahí hay quien limpie!" Una vez que nos sentamos a comer, me lamenté de que la ornamentación del lugar fuera tan parca y no hubiera cómo no encarar a mi buen amigo. Aquello era una experiencia para vivirse con los cinco sentidos. El sonido al masticar era como el de una trituradora, los grumos salpicando en mi cara mientras hablaba con la boca llena. La orquesta se me hizo demasiado vanguardista una vez que se le ocurrió eructar. El sitio no estaba precisamente vacío y protesté. Su argumento fue que "se oye mal, pero descansa el animal," o "vale más perder un amigo que una tripa." Ya se me olvidó. No me volví a parar hasta que quedé satisfecho. Me frustré porque, a mi entender, el propósito es justamente todo lo contrario. Notó que todo lo que estaba haciendo era esperarlo a que terminara de comer y no tardó en externar su inquietud. Vi la oportunidad para darle a entender que su conducta me había parecido bastante inapropiada. Entonces, le dije que estaba tan lleno, que creía que me había pegado aquello que llaman el Síndrome del Restaurante de la Comida China. Él me sugirió que pidiera una cajita para llevar. Creía que haciéndole caer en la cuenta de que en los bufetes nunca dejan sacar la comida y tirarían a la basura o, peor todavía, reciclarían las sobras, el no se dio por vencido. De su mochila, sacó un "tuperware" y me respondió: "¡Por eso la mayor bendición que tiene uno en esta vida es la jefita! Siempre me aconseja que lleve mi loncherita pa' todos lados porque uno nunca sabe cuándo se va a ofrecer." De hecho, un día estaba allá en Nueva York con mi hermano y su novia comiendo en un restaurante que me recordó esta anécdota, y se la conté. Asombrada, y se podría decir que hasta un poco indignada, la muchacha me dijo que mi amigo debía ser de un país tercermundista y, tal vez, haber crecido en el seno de una familia súper numerosa. Mi hermano intervino y aclaró que se trataba de un buen amigo de ambos, también mexicano. Yo, con mi comentario siempre brillante y oportuno, intervine. En aquel entonces, era muy frecuente encontrarse por las calles de Ciudad Juárez, donde nos criamos, lo que un poeta de aquí del rumbo llamaría "instalaciones artísticas con partes de cuerpos humanos." El "apunte' que se me ocurrió hacer en ese momento fue "this sort of stuff happens because in those countries life is cheap, if you know what I'm talking about." Hasta entonces, la muchacha y yo llevábamos una excelente relación, pero ahora debe tenerme por un malagradecido. Ella es de Bangladesh y, para colmo, se conocieron ahí en el Macy's, donde ambos trabajan. Me ayudó a ahorrarme una buena feria en concepto de recuerditos ese día. Luego, recordando Crown Heights, el barrio donde vivía mi carnal en ese entonces, con sus tienditas, -o "bodegas"- de la esquina despidiendo alegres compases de bachata o merengue, sus tres pollerías y dos iglesias por cuadra nos planteamos una interrogante que nunca llegamos a resolver: ¿Dónde se cruza la línea del lastre cultural al estereotipo?, pero pos eso ya no viene al caso. Total, a lo mejor esa es la razón por la que el mundo rueda. Tal vez, al contrario de lo que cree la gente, pierde uno más el tiempo buscando que esperando lo que le va a llegar. Creo que hasta Fromm dice que es más activo alguien que se sienta a contemplar el paisaje por sus huevos que el que tiene dos empleos porque tiene qué hacerlo a huevo. Todo se acomoda donde cabe.

El punto es que contigo terminé de aprender que la vida es como el bufet. Tiene uno qué servirse poquito pa' probar de todo, y no mucho de una misma cosa, so pena de sufrir los devastadores efectos del glutamato monosódico, tan parecidos a los del acetaldehído, la sustancia en la que se convierte el alcohol una vez que el cuerpo lo metaboliza. No me preguntes cómo sé esto último.

Contigo viví algo de lo que no se puede pedir de a dos porciones. No me queda otro remedio que traer a cuento otra canción, la de Lou Reed que dice: "you made me forget myself, I thought I was someone else, someone good." Aunque regrese el tiempo, aunque pase algún milagro, no voy a dejar nunca de ser quien soy. Lo vivido no se puede desvivir. Y en cuanto a lo que viví contigo, eso en otras palabras se dice que lo bailado nadie lo quita. Es más, creo que de un chingadazo estoy pagando varios karmas a la vez. Por alguna razón algunas personas piensan que soy puto, lo cual me extraña porque soy gordo, odio la cerveza light, a veces se me olvida ponerme desodorante, no me tapo cuando bostezo, estornudo o toso, me rasco las gónadas o el trasero cuando me da comezón, me gustan las de Mario Almada y las de Valentín Trujillo, -lo que, en este ambiente lleno de payasos que se creen intelectuales, me ha costado ser corrido de varios convivios, eso sí, con mi seisito para que haga mi desmadre en otro lado- y un largo etcétera. Tampoco conozco la razón de que algunas viejas piensen que porque soy feo voy a tener también malos gustos. Te puedo contar varias anécdotas, pero el caso es que en todas y cada una de esas ocasiones opté por hacerle como a lo mejor le estás haciendo tú para darme a entender que ando a muchísimas millas de la superficie terrestre. Les hice saber mi agradecimiento por sus atenciones, traté de ser condescendiente, y un buen día los bloquee en las redes sociales, o incluso cambié mi número de teléfono. En muchos casos eran amigos a quienes yo tenía por valiosos, pero que tuve qué sacar de mi vida una vez que cruzaron la raya y quisieron caerme. Yo no sé tú, pero a mí la neta la gente que más me caga son los ahuevados. Me da asco tan sólo de imaginarme que estoy con una persona que a mí no me gusta. Una persona a la que le das una vez el jintazo de que no, y no la pesca, es que tiene un grave retraso mental, por muy "enamorados" que estén. Esas son mamadas, primero que se informen. Pero cae primero un hablador que un cojo. No me dejarás equivocarme. Estoy en la misma situación. Dicen que en el amor una de las partes siempre sale lastimada, normalmente la que invierte más entusiasmo. Esto no puede ser amor porque no nos conocemos. Por otro lado, los sentimientos son tan grandes como uno los quiera ver con la lupa. Lo realmente valioso es la experiencia. Así que de mí depende si este malestar psicosomático lo convierto mejor en otra cosa de más provecho. Por ejemplo, me da la impresión de que no te agrada demasiado que te digan Grace. Las opiniones son lo que menos vale en la vida porque para cualquier situación todos tenemos una, así es que mejor tómalo como un dato de cultura general si es que acaso no lo sabes, lo que dudo porque no creo que no hayas preguntado ya por qué te pusieron así. Grace en Griego significa "Caris." Se supone que, al igual que sus otras dos hermanas, son diosas de la fertilidad, la belleza, el encanto, y la naturaleza, cualidades todas que corresponden a las tuyas. Sin embargo, lo que más me llamó la atención es que también son las deidades de la creatividad humana. Estaba viendo todo lo que he escrito hasta ahorita y pues soy de largo aliento, aunque sea para no decir nada interesante. 'Toy bueno pa' escribir novelas. Ahora de que vayan a estar chidas es harina de otro costal. Aquí en la Wikipedia no dice que Caris sea la diosa de la calidad. Total, quiero imaginarme que ésta fue la razón por la que Dios permitió que nuestros caminos se cruzaran por un momentito, aunque sea virtualmente, como tú bien dijiste. Pero me da risa, el chaqueterismo del que tanto se me ha criticado no implica nomás la autocomplacencia desde un punto de vista sexual, -que, vuelvo y te repito, jamás he practicado pensando en ti-, sino, en un sentido más general, andar soñando con cosas que no pueden ocurrir en el mundo real como si fueran factibles. ¡Tanto que me advirtieron que no anduviera leyendo a Clemente Palma, y voy ahí a pagar más de cien dólares por su libro de *XYZ* sin tener ni pa'l camión! ¡Y luego con plazos tan apretados encima! Pero quise creer que era mentira eso de que el que no oye consejos no llega a viejo. Lo peor de todo es que para allá voy pero que vuelo. En cualquier caso, no sería mala idea. Quisiera convertir esta realidad, tan dolorosa para mí, en una simple ficción. Pero mejor aquí le paro porque planes que se cuentan, se ceban. Acuérdate del Micheladaz que venías anunciando desde el día 5. Ya estamos a 14 y todavía es hora que no sale.

Hablando de dones, y aun teniendo en cuenta que lo peor que puede uno hacer es ponerse a dar consejos como si fuera uno perfecto, fíjate que estaba a punto de darte uno. Tú tienes no uno, sino varios dones muy muy grandes. Debes sentirte bastante privilegiada y bendecida. Irradias tanto amor, que todo mundo quiere estar alrededor de ti. A mí, que por ser como soy he aprendido a vivir agazapado y tratando de no llamar la atención de nadie, me llenaría de espanto. En alguna parte he leído que, al menos en lo que toca a las religiones de la antigüedad clásica, los Cielos al concederle un don a un mortal en realidad están probándolo a ver si es cierto que es digno de su gracia. De hecho esto no tiene ninguna diferencia con algo que pusiste tú: Dios le da las peores batallas a los mejores guerreros. Yo veo un don como una responsabilidad y, por lo tanto, una batalla. La responsabilidad es una palabra que no existe en mi vocabulario. Sin embargo, tengo que irla aprendiendo. Por eso no es bueno ver la paja en el ojo ajeno. Aquí las buenas son que yo toda la vida he tenido qué trabajar y ahora, por primera vez, puedo escribir un libro académico del tema que a mí me dé la gana sin estar viendo jetas ni aguantando chingaderas. Las malas son que tengo de aquí hasta Marzo del año que entra para sacar un mamotreto de jodido de unas cuatro o cinco libras, además de solicitar jale y publicar en jornales. La situación se explica bastante claramente por sí misma. Peor que un consejo no pedido es uno no cobrado y pagado. Y pa' consejos pagados están los que tienen título. Yo no lo tengo todavía y cuando lo consiga, quién sabe para qué me vaya a servir. Un título, que no es otra cosa que un pedazo de papel o cuero de marrano en el caso más afortunado, no le quita lo pendejo a nadie.

Para no traicionar mi costumbre, pues estoy viendo qué canción estará buena para dedicarte en esta ocasión. Como te digo, mi intención al escribirte hoy es que prefiero alejarme si acaso te estoy infundiendo miedo. Prefiero sufrir un castigo, -y a las pruebas me remito-, si acaso te estoy ocasionando un daño, siquiera una molestia. Como presiento que a lo mejor ésta es la última vez que tendré ocasión de decirte algo, se me ocurre ponerte la de "Lágrimas de Amor" con Lorenzo de Monteclaro. Pero pues luego pienso que esa es más bien como para dos novios que andan cortando, y se me pasa. Luego se me ocurre ponerte la de "Vitoriosa" de Iván Lins, porque creo que es la que mejor enumera las cosas que me gustan de ti, pero pienso que el portugués es el idioma más inútil que puedes ponerte a aprender y que es como si tuvieras tiempo de andar traduciendo, y se me pasa. Pienso entonces en "El Ropavejero" de Botellita de Jerez, pero esa como que me cae nomás a mí solito, y se me vuelve a pasar. Mejor no te dedico nada. Ponerle canciones a alguien por quien siente uno algo como lo que yo siento por ti, - aunque digan los analistas que no es amor-; decir "cada vez que oigo esto me acuerdo de ti" o, viceversa, "cuando hablo contigo me acuerdo de esta rola," es igual que ponerles hilos a las personas, como si fueran títeres. Es todavía más inhumano arruinar una buena rolita con un mal recuerdo.

No es muy factible, pero si esto llegara a caer en tus manos y por alguna razón imposible de discernir tuvieras la inquietud de responderme, piensa que ahorita no tengo ningún compromiso que me impida viajar a Monterrey. Tampoco son demasiado costosos los boletos para allá en Aerobús. Trata de imaginarte las veces que he tenido qué aguantarme las ganas de hacerlo. Date cuenta de que sería lo más inconveniente. Cuando lo hagas verás cómo se te pasa.

Por último, te pido muy encarecidamente que seas tú quien me elimine de tus redes sociales, porque yo no voy a tener el valor de hacerlo, a pesar de que es necesario. Para que te des una idea de cuánto me dolería y de lo especial que fue para mí haberte conocido, es bueno que sepas algo muy serio sobre mí. Como seguramente en un momento te lo llegaste a imaginar, sí tengo antecedentes penales, lo que por cierto me impide regresar a la masonería. Tengo dos arrestos por manejar intoxicado. La primera vez me quedé dormido esperando mi turno para revisión en el puente internacional, viniendo del lado mexicano. La segunda, venía de una fiesta que no había terminado porque una chava bastante pasadita de peso me llevó a su habitación y se metió dentro de mi bragueta. No le pude cumplir. No es que nunca me haya metido con una ruca fea cuando ando pedo. ¡Cómo sé que tú misma no estás horrenda, o que no eres el ser más perverso del mundo, si el alcohol en las dosis que suelo ingerirlo embellece hasta la idea de manejar cuando se ha perdido toda facultad de hacerlo, y puedes llegar a asesinar a alguien! Sin embargo, a veces durante mi estado de embrutecimiento tengo algún destello de claridad, y me doy cuenta que todavía tengo dignidad, aunque sea un poquito. Eso sin contar las otras tantas veces que he perdido control del vehículo que iba manejando y he chocado. Afortunadamente no lastimé a nadie, pero podría fácilmente haberlo hecho, como si tuviera toda la intención. A pesar de todo eso, hasta la fecha sigo embriagándome todas las noches, tal como solía hacerlo en mayor o menor medida aun en libertad condicional. Sin embargo, haber tenido la oportunidad de hablar contigo me motivó a dejar de hacerlo, lo cual me daba miedo a pesar de que ha sido la causa de todos mis problemas. Comprobé que sobrio, sano, con la mente clara, las cosas que no haga yo por mi bienestar nadie las va a hacer por mí. Gracias a ti, supe que nadie es adicto más que a las sustancias que su propio cuerpo produce. Dicen que se recurre al Eleguá, el Santo Niñito para los católicos, cuando se quiere encontrar algo que se ha perdido. Él día que decidí dejar el trago le había hecho una plegaria. Gracias por haberme quitado un amor virtual, de mentiritas, y haberme devuelto el único verdadero que tengo, el amor a mí mismo. Hoy lo volví a leer en tu twiter: Si no valoras lo que tienes, no podrás valorar lo que vas a recibir. Fíjate qué tanto valoro mi beca, que no he escrito ni una sola línea. Ahora, la primera vez que gracias a ti supe que es más grande la felicidad de recuperar algo, -mi sobriedad en este caso-, que adquirir lo que nunca se ha tenido, te digo que es la primera vez que pienso seriamente en la posibilidad de dejar este vicio permanentemente. Sin embargo, no va a ser esta noche. Ahora todo lo que quiero es una cerveza bien grande y helada.

El amor no es un sentimiento. Tampoco es el vínculo que mantiene unidas a las personas en una relación. Es un acto.

Le ruego entonces ahora al Eleguá que todo el tiempo que he invertido en ti redunde en algún beneficio para mi persona. Le ofrezco de todo corazón dejar lo que más me duele abandonar, mas sin embargo, lo más vano e inútil que poseo: La ilusión de que alguna vez voy a dejar de ser una molécula de esa criatura a la que tú llamas "fans" – o "humanoides"- y tener una relación personal contigo, como se refieren los evangélicos a sus tratos con Cristo.

Además, no quiero contribuir a que, por distracción, vayas a tener que irte a extraordinarios. Tú bien lo sabes que tu prioridad es acabar la prepa, tal como la mía es terminar la tesis a tiempo. Luego te van a traer como a La Gaviota con los memes.

Por eso Dios no les dio alas a los alacranes. Y como dijo John Lennon, el sueño se acabó.

Made in the USA
Middletown, DE
24 July 2023

35469474R00201